絕對合格
QR Code聽力加速器

U0080261

考試分數大躍進
累積實力
百萬考生見證
應考秘訣
5
根據日本國際交流基金考試相關概要

單字、語境與聽力快速記憶策略，問題集

生活情境分類×激爽海量實戰的雙料絕技！

日檢 N 5 單字

吉松由美、田中陽子、西村惠子
千田晴夫、林勝田、山田社日檢題庫小組
合著

QR Code 山田社 Shan Tian She SIS

前言
はじめに

忘得比記得快？
沒錯，每天有 70% 的記憶會像打了招呼就溜走，
這絕對不是您的問題！
說再見吧，不靠背，輕鬆搞定 N5 ！

掰掰了，老派死記硬背的教科書！
來點新鮮的：生活情境分類 × 激爽海量實戰。
雙料絕技，讓您的學習成效倍增！

每天 70% 的記憶消失無蹤？用老掉牙的背誦法，像背電話號碼一樣，背了又忘，忘了再背，想要讓短期記憶轉化為長期記憶，得花掉您大把的時間。

忙到不行的您，如何打破這記憶的詛咒，抵抗時間的侵蝕？時代在變，學習方法也得隨之進化！

抓緊這幾招，每天只需 10 分鐘，您也能感受到自己在進步：

★ 生活情境大師：把學習材料扔進您的日常生活，一秒召喚記憶！
　根據 N5 考試的精心設計，涵蓋各種生活情境，從超市到機場，從學校到咖啡店，您的日語單字會自然融入每一個場合，讓您成為真正的語言活用高手！

★ 想像力啟動器：啟動您的創意，想像單字的使用場景，這是學習的大腦健身房！
　日檢強調的是 "活用在交流" ——我們不只是學單字，我們學的是如何在實際生活中用它。想像您在哪裡會用到這個詞，這是鞏固記憶的最佳方式！

★ 單字大捕手：抓住那些單字的兄弟姐妹，一次性搞懂所有相關聯的詞！
　整理出主題相關的擴展單字，將它們的相似處和不同點放在一起比較，這樣您就能一網打盡，一次記住一大批單字。

★ 學完即測驗：打鐵趁熱，讀完馬上來場小測驗，讓剛學過的知識馬上實戰！
　這不是普通的復習，這是 "回想練習" ——一個讓您從背誦走向主動回憶的過程 "背誦→測驗"，讓學習效果倍增，把新知識牢牢固定在腦海中。

★ 10 分鐘速成班：誰說沒時間學語言？兩頁一單元，就算是碎片時間也能輕鬆學！
　無論是睡前小點心，或是通勤捷運上的快速充電，只需 10 分鐘，輕鬆完成一課，讓您的日語學習簡單又高效！

★ 漢字速讀班：看一眼，學一通！漢字的力量，一學就會！
　只需學習一次，每當您見到漢字，立馬能夠認出來讀出來，相關單字立刻掌握，記住漢字，用詞就像呼吸一樣自然！

★ 隨身辭典：忘了就查，學習無阻礙！50 音順的金鑰索引，查找變得超便捷！
　每當您需要，只要翻一翻，即刻找到您要的單字，隨查隨學，讓您的學習效率大大提升，再也不怕記憶有障礙！

★ 聽力無敵：隨時隨地，一掃即聽！利用線上音檔鍛煉您的聽力神經！
　聽力是攻克日檢的秘密武器。每天反覆聆聽，讓單字深刻烙印您的腦海，加深您的記憶力，讓

助加深記憶。並藉由比較相近詞彙的關聯及差異，保證一次弄懂，不再混淆。同時，不論是考題還是生活應用中都能啟動連鎖記憶，遇到分類主題立刻喚醒整串相關詞彙，給您強大的單字後援，累積豐厚實戰力。

◆讀完即測驗，自學必備的自我考驗！

本書的每個章節皆精心設計當回單字填空題，讓讀者可以趁著記憶猶新時做回憶練習，邊背邊練，記憶自然深植腦海！此外，每個句子都標上日文假名，做題目的同時，能延伸學習更多單字。且從前後句意推敲單字的題型，也有助於訓練閱讀能力。更能避免每日勤奮學習，卻不知是否真的學會了，藉由做題目檢視自己的學習成果，給您最踏實的學習成就感。

◆針對日檢題型，知己知彼絕對合格！

日檢 N5 單字共有 4 大題，而本書的題型主要針對第 3 大題，另外也可活用於單字第 4 大題。為了將數個相近詞彙填入適當的例句中，必須要清楚理解單字的意義，並認識相似詞彙，同時還要有讀懂句意的閱讀能力。本書將會幫助您大量且反覆的訓練這三項技能，日檢單字自然就能迎刃而解。

◆從漢字掌握多種唸法，會唸就會用！

以表格統整出 N5 單字中，有一種或多種發音的漢字。由於漢字大多是表意文字，即使是有多種唸法，但只要知道漢字的意思及連帶關係，就可以掌握漢字。只要學一次，就可以活用於任何考試及生活場景上！

◆貼心 50 音排序索引，隨時化身萬用字典！

本書單字皆以 50 音順排序，並於書末附上單字索引表。每當遇到不會的單字或是突然想要查找，本書就像字典一樣查詢精準，且由於單字皆以情境編排，查一個單字還能一併複習相似辭彙。當單字變得輕鬆好找，學習也就更加省時、省力！

◆聽日文標準發音，養成日文語感、加深記憶！

所有單字皆由日籍教師親自配音，反覆聆聽單字便自然烙印在腦海，聽久了還能自然提升日文語感以及聽力。不只日檢合格，還能聽得懂、說得出口！且每篇只需半分鐘，讓您利用早晨、通勤、睡前等黃金時間，再忙也不怕學不會！

自學以及考前衝刺都適用，本書將會是您迅速又精準的考試軍師。充分閱讀、練習、反覆加深記憶，並確實擊破學習盲點，從此將單字變成您的得高分利器！迎戰日檢，絕對合格！

目錄
もくじ

N5 漢字

1. 數字

漢字	發音	舉例
一	<ruby>一<rt>いち</rt></ruby>／數字一，第一，最初；最好	<ruby>一番<rt>いちばん</rt></ruby><ruby>足<rt>あし</rt></ruby>が<ruby>速<rt>はや</rt></ruby>い／跑最快的
二	<ruby>二<rt>に</rt></ruby>／數字二，兩個	<ruby>大学<rt>だいがく</rt></ruby><ruby>二<rt>に</rt></ruby><ruby>年生<rt>ねんせい</rt></ruby>／大學 2 年級生
三	<ruby>三<rt>さん</rt></ruby>／數字三；三個；第三；三次	<ruby>三人兄弟<rt>さんにんきょうだい</rt></ruby>／3 個兄弟姊妹
四	<ruby>四<rt>し</rt></ruby>／數字四；四個；四方	<ruby>四月<rt>し がつ</rt></ruby><ruby>一日<rt>ついたち</rt></ruby>／4 月 1 日
四	<ruby>四<rt>よん</rt></ruby>／數字四；四個；四次	<ruby>切符<rt>きっ ぷ</rt></ruby>を<ruby>四枚<rt>よんまい</rt></ruby><ruby>買<rt>か</rt></ruby>います／要買 4 張票
五	<ruby>五<rt>ご</rt></ruby>／數字五，第五	<ruby>五番<rt>ご ばん</rt></ruby>のバス／5 號巴士
六	<ruby>六<rt>ろく</rt></ruby>／數字六，六個	<ruby>六万円<rt>ろくまんえん</rt></ruby>を<ruby>払<rt>はら</rt></ruby>います／要付 6 萬圓
七	<ruby>七<rt>しち</rt></ruby>／數字七，七個	<ruby>七時<rt>しち じ</rt></ruby>まで<ruby>寝<rt>ね</rt></ruby>ます／要睡到 7 點
七	<ruby>七<rt>なな</rt></ruby>／數字七，七個	ポケットが<ruby>七<rt>なな</rt></ruby>つあります／有 7 個口袋
八	<ruby>八<rt>はち</rt></ruby>／數字八，八個	<ruby>夜<rt>よる</rt></ruby><ruby>八時<rt>はち じ</rt></ruby>／晚上 8 點
九	<ruby>九<rt>きゅう</rt></ruby>／數字九，九個	<ruby>十九歳<rt>じゅうきゅうさい</rt></ruby>／19 歲
九	<ruby>九<rt>く</rt></ruby>／數字九，九個	<ruby>午前<rt>ご ぜん</rt></ruby><ruby>九時<rt>く じ</rt></ruby>／上午 9 點
十	<ruby>十<rt>じゅう</rt></ruby>／數字十；第十	<ruby>十時<rt>じゅう じ</rt></ruby><ruby>十分<rt>じゅっぷん</rt></ruby>／10 點 10 分
百	<ruby>百<rt>ひゃく</rt></ruby>／數字一百；一百歲	<ruby>百<rt>ひゃく</rt></ruby>グラム／100 公克
千	<ruby>千<rt>せん</rt></ruby>／數字千，一千；形容數量之多	<ruby>三千<rt>さんぜん</rt></ruby>メートル／3000 公尺
万	<ruby>万<rt>まん</rt></ruby>／數字萬；形容數量之多	<ruby>一万年前<rt>いちまんねんまえ</rt></ruby>／1 萬年前
円	<ruby>円<rt>えん</rt></ruby>／日幣單位；圓形；圓滿	<ruby>千二百円<rt>せん に ひゃくえん</rt></ruby>／1200 圓

2. 方位

漢字	發音	舉例
上	うえ 上／在…上；從…方面來看	つくえ　うえ 机の上／桌上
下	した 下／在…下方；在…情況下	した テーブルの下／桌下
左	ひだり 左／左邊；左手；左派	ひだり　くつした 左の靴下／左腳的襪子
右	みぎ 右／右邊；前文；右翼	みぎがわ 右側にあります／位在右手邊
前	まえ 前／前方；以前，上次；不到	みせ　まえ 店の前／店前面
	ぜん 前／前，以前，上一個	ごぜん　じゅう　じ 午前 10 時／上午 10 點
後	ご　ご 午後／午後	ご　ご　じゅぎょう 午後の授業／下午的課
	あと 後／後方；以後；其次	はん　あと ご飯の後／用餐完後
中	なか 中／內部，裡面，當中；中間	たてもの　なか 建物の中／建築物裡
外	そと 外／外面；家外面；外部，外人	そと　あ 外から開きません／從外面打不開
	がいこく 外国／國外，外洋	がいこく　さけ 外国のお酒／外國釀造的酒
東	ひがし 東／東方；東風	ひがし　そら 東の空／東邊的天空
西	にし 西／西方；西風；西天	にし　ほう 西の方／西方
南	みなみ 南／南方；南風	みなみがわ　まど 南側の窓／南邊的窗
北	きた 北／北方；姓氏	きたがわ　もん 北側の門／北邊的門

3. 星期

漢字	發音	舉例
日	にち 日／星期天的簡稱；計算日子的單位；第…天；日本的簡稱	にちよう　び　よる 日曜日の夜／星期天晚上
	ひ 日／特別的日子；時日，天數；太陽，陽光	やす　ひ 休みの日／休假日
	び 日／計算星期中的日子單位	まいしゅうもくよう　び 毎週木曜日／每週的星期四

月	月（げつ）／星期一的簡稱；月份	月曜日の朝（げつようび の あさ）／星期一早上
火	火（か）／星期二的簡稱；五行中的火	毎週火曜日休みます（まいしゅう かようび やすみ）／固定每週二休息
	火（ひ）／火，火焰，炭火	火が消えました（ひ き）／火熄滅了
水	水（すい）／星期三的簡稱；五行中的水；冷水	水曜日の昼（すいようび ひる）／星期三中午
木	木（もく）／星期四的簡稱；五行中的木；樹木，木紋	木曜日は学校に行きます（もくようび がっこう い）／星期四要去學校
金	金（きん）／星期五的簡稱；五行中的金；黃金；金錢	金曜日の仕事（きんようび しごと）／星期五的工作
土	土（ど）／星期六的簡稱；五行中的土；泥土；家鄉	今度の土曜日（こんど どようび）／下個星期六

4. 人物

漢字	發音	舉例
男	男（だん）／男性，男子	男子高校生（だん し こうこうせい）／高中男生
	男（おとこ）／男性；雄性	男の人（おとこ ひと）／男人
女	女（じょ）／女人，女性；女兒	カメラ女子（じょし）／愛好攝影的女性
	女（おんな）／女性；雌性	女の人（おんな ひと）／女人
父	父（ちち）／家父，父親	父の帰りを待ちます（ちち かえ ま）／等待父親回家
母	母（はは）／家母，母親	母に電話します（はは でんわ）／打電話給母親
子	子（こ）／小孩，子女	男の子たち（おとこ こ）／小男孩們
友	友（とも）／友人，同好	友達になりました（ともだち）／成了好朋友
名	名（な）／名字；名分；名譽	名前を呼びます（なまえ よ）／呼喊名字

5. 人體

漢字	發音	舉例
人	人（ひと）／人，人類；旁人	明るい人（あか ひと）／性格開朗的人

漢字	發音	舉例
口	くち 口／口，嘴	ひとくち た 一口で食べます／一口吃掉
	ぐち 口／出入口	こうえん い ぐち 公園の入り口／公園的入口
手	て 手／手部；手拿的；手做的	て あら 手を洗います／洗手
足	あし 足／腳，腿；交通工具	あし ほそ 足が細い／玉腿很纖細
目	め 目／眼睛；眼神，凝視	うす ちゃいろ め 薄い茶色の目／淺褐色的眼睛

6. 時間

漢字	發音	舉例
年	ねん 年／時間單位，年，一年；年限	いちねんじゅうあたた 1年中暖かい／一年四季都溫暖
	とし 年／時間單位，一年；年齡；歲月；年代	まいとしかいがい い 毎年海外に行きます／每年都出國
月	げつ 月／時間單位，月份；月亮；星期一的簡稱	に げつ りゅうがく 2か月だけ留学しました／留學過短短兩個月
	がつ 月／時間單位，月份；月亮	ご がつ じゅうさん にち 5月 13 日／5月 13 日
	つき 月／月份；月亮，月光	つき いち ど ひと月に1度／每月一次
週	しゅう 週／時間單位，週，星期	らいしゅう また来週／下週見
日	にち 日／時間單位，天，第…天；星期天的簡稱；日本的簡稱	たの いちにち 楽しい1日／愉快的一天
	ひ 日／特別的日子；時日，天數；太陽，陽光	あつ ひ 暑い日／大熱天
	たち 日／每月一號	らいげつついたち 来月1日／下個月1號
時	じ 時／時間單位，…點鐘；時候	よる じゅう じ 夜 10 時／晚上 10 點
分	ふん 分／時間單位，分鐘；角度單位；貨幣單位	ご ふん つ 5分で着きます／5分鐘就到了
	ぷん 分／時間單位，分鐘；角度單位；貨幣單位	ある じゅっ ぷん 歩いて 10 分／走路需 10 分鐘

漢字	發音	舉例
今	こん 今／現在，目前；今天	こんげつけっこん 今月結婚します／要在這個月結婚
	いま 今／現在，目前；今天	いま　とうきょう 今の東京／現在的東京
午	ご 午／中午，正午	ご ご　　は 午後から晴れます／下午會放晴
半	はん 半／半小時；一半，中途	ろくじ はん　お 6時半に起きます／6點半起床
毎	まい 毎／每，每一個（月、天、次）	まいあささん ぽ 毎朝散歩します／每天早上散步
間	かん 間／期間，功夫	いっ　げつかん 1か月間／一個月的期間
	あいだ 間／間隔；期間，功夫；空隙	なが　あいだ 長い間／很長一陣子
何	なん 何／多少，若干；什麼	いまなん じ 今何時ですか／現在幾點鐘？
	なに 何／什麼；怎麼	なにいろ　す 何色が好きですか／喜歡什麼顏色呢？

7. 自然

漢字	發音	舉例
雨	あめ 雨／雨，下雨；如雨點般落下	あめ　ふ 雨が降っています／正在下雨
山	やま 山／山；頂點；推積如山	やま　のぼ 山に登ります／爬山
川	かわ 川／河川	かわ　み 川を見ます／觀看川景
天	てん 天／天空；天堂；神明	てん　あめ　ふ 天から雨が降ります／從天空落下雨水
空	くう 空／空中；空虛的	くうこう　い 空港に行きます／前往機場
	そら 空／天空，空中；天氣；心情	あお　そら 青い空／藍天
気	き 気／空氣，大氣；氣息；度量；個性	き れい　くう き 綺麗な空気／清新的空氣
花	はな 花／花；華麗；最美好的時期	はな　え 花の絵／以花為主題的畫

8. 顔色

漢字	發音	舉例
白	しろ 白い／白色；潔淨；空白	しろ　とり 白い鳥／白鳥

黑	黒い／黑色；黝黑；骯髒；邪惡	黒い服／黑色衣服
青	青い／青色，綠色；臉色發青；不成熟的	青い海／碧海
赤	赤い／紅色的；左派	赤いペン／紅筆

9. 外觀

漢字	發音	舉例
大	大／大；大量；非常，很；優越，好	大人気／大受歡迎
	大／多，大量；非常，很	大勢の人／大量的人潮
小	小／小；少；自謙	小の月／小月
	小／小的	小さいとき／小時候
高	高／（程度、位置、年齡、態度）高的	高校／高等學校
	高い／（程度、位置）高的	背が高い／身高很高
長	長い／（時間、長度等）長的	長いスカート／長裙
多	多い／數量多	人が多い／人潮眾多
少	少ない／數量少	休みが少ない／休假很少
新	新しい／新的，新鮮的，新奇的	新しいレストラン／新開的餐廳
古	古い／舊的，老舊，陳舊的	古い映画／老電影
安	安い／便宜的；安心	安いアパート／租金低廉的公寓

10. 動作

漢字	發音	舉例
入	入り口／入口；開端	入り口から入ります／從入口進入
	入ります／進入，加入；包含	部屋に入ります／進到房間裡

出	出口／出口，出路	出口は右側にあります／出口在右手邊
	出ます／出去；出現；發生	月が出ています／月亮出來了
来	来ます／來到；出現	また来ます／我還會再來的
	来月／下個月	夏休みは来月からです／暑假從下個月開始
行	行きます／去，走，到…去	プールに行きます／去游泳池
	旅行／旅遊，遊歷	旅行に行きます／去旅行
見	見ます／看；照顧；體驗	写真を見ます／看照片
読	読みます／朗讀；閲讀；讀懂，看懂	本を読みます／讀書
書	書きます／書寫，做記號，畫	作文を書きます／寫作文
分	分かります／知道，懂得	日本語が分かります／懂日文
話	話します／説，講；告訴；商談	外国人と話しました／跟外國人交談了
聞	聞きます／聽；聽從；詢問	歌を聞きます／聽歌
	新聞／報紙	新聞を読みます／看報紙
食	食べます／吃，生活	パンを食べます／吃麵包
	食事／吃飯，用餐	食事の時間／用餐時間
休	休みます／休息，睡覺；暫停；缺席	ちょっと休みましょう／稍微休息一下吧
会	会います／碰面，見面；遇到	また会いましょう／再見面吧

11. 學校

漢字	發音	舉例
学	学／學問，學習	留学しました／去留學了
校	校／學校；校對	学校に行きます／去學校

先	せん 先／先前，以前，很早	せんしゅういそが 先週忙しかったです／上禮拜很忙
	さき 先／末端；前方；目的地	ゆびさき いた 指先が痛い／指尖很疼
生	せい 生／學生；對他人的尊稱；生命；生長	えいご せんせい 英語の先生／英文老師
語	ご 語／説話，話語；故事	あたら たんご 新しい単語／生詞

12. 其他

漢字	發音	舉例
電	でん 電／閃電；電流	でんき け 電気を消します／關燈
車	しゃ 車／輪狀物；車輛	でんしゃ まど 電車の窓／電車車窗
	くるま 車／輪，車輪；汽車	くるま き 車が来ます／有車來了
駅	えき 駅／驛站，車站	えきまえ やっきょく 駅前の薬局／車站前的藥局
道	みち 道／道路；學問	やまみち ある 山道を歩きます／要在山路行走
国	くに 国／國家，領土；故郷	くに かえ 国に帰ります／回國
社	しゃ 社／公司；神社	かいしゃ しょくどう 会社の食堂／公司的員工餐廳
店	てん 店／店鋪，商店	ちゅう か りょう り てん 中華料理店／中華料理店
	みせ 店／店鋪，商店	みせ た 店で食べます／在店裡吃
本	ほん 本／書籍；（細長物品、電影等的）單位量詞	に ほん ワインは２本あります／有兩瓶紅酒
	ぼん 本／（細長物品、電影等的）單位量詞	さんぼん タバコ３本／三支菸
	ぼん 本／（細長物品、電影等的）單位量詞	ちゃ いっぽん か お茶を１本買いました／買了一瓶茶

日檢分類單字

N5

測驗問題集

1 基本単語 (1) 基本單字 (1)

◆ 挨拶ことば (1)　寒暄語 (1)

どうもありがとうございました	寒暄 謝謝，太感謝了
どういたしまして	寒暄 沒關係，不用客氣，算不了什麼
頂きます	寒暄 （吃飯前的客套話）我就不客氣了
御馳走様でした	寒暄 多謝您的款待，我已經吃飽了
いらっしゃい（ませ）	寒暄 歡迎光臨
初めまして	寒暄 初次見面，你好
（どうぞ）よろしく	寒暄 指教，關照
こちらこそ	寒暄 哪兒的話，不敢當
お願いします	寒暄 麻煩，請；請多多指教
御免ください	寒暄 有人在嗎
失礼します	寒暄 告辭，再見，對不起；不好意思，打擾了
失礼しました	寒暄 請原諒，失禮了
すみません	寒暄 （道歉用語）對不起，抱歉；謝謝
御免なさい	連語 對不起
おはようございます	寒暄 （早晨見面時）早安，您早

活用句庫

例 いらっしゃいませ。何名様^{なんめいさま}ですか。　歓迎光臨，請問幾位？

例 いろいろ どうもありがとうございました。　感謝您多方的幫助。

例 子^こどもがうるさくて すみません。　小孩吵吵鬧鬧的，對不起。

例 昨夜^{さくや}は遅^{おそ}い時間^{じかん}に電話^{でんわ}をして、失礼^{しつれい}しました。　昨晚在那麼晚的時間打電話給您，真是失禮了。

例 おいしかったです。ご馳走様^{ちそうさま}でした。　真好吃，承蒙您招待了，謝謝。

練習

I [a～e]の中から適当な言葉を選んで、（　　　）に入れなさい。

a. 初^{はじ}めまして	b. どういたしまして	c. お願^{ねが}いします
d. 失礼^{しつれい}します	e. いただきます	

❶ こちらこそ、よろしく（　　　　　　　　）。

❷ （　　　　　　　　）。おいしいですね。

❸ 時間^{じかん}がないので、これで（　　　　　　　　）。

❹ （　　　　　　　　）、鈴木^{すずき}と申^{もう}します。

II [a～e]の中から適当な言葉を選んで、（　　　）に入れなさい。

a. おはようございます	b. どうぞよろしく	c. ごめんください
d. ごめんなさい	e. いらっしゃい	

❶ （　　　　　　　　）。私^{わたし}があなたのお弁当^{べんとう}を食^たべました。

❷ （　　　　　　　　）。今日^{きょう}も頑張^{がんば}りましょう。

❸ 今年^{ことし}も（　　　　　　　　）お願^{ねが}いします。

❹ 「（　　　　　　　　）。」「はい、どなたですか。」

15

2 基本単語 (2) 基本單字 (2)

◆ 挨拶ことば (2)　寒暄語 (2)

今日は	⦅寒暄⦆ 你好，日安
今晩は	⦅寒暄⦆ 晚安你好，晚上好
お休みなさい	⦅寒暄⦆ 晚安
では、お元気で	⦅寒暄⦆ 那麼，請多保重身體
では、また	⦅寒暄⦆ 那麼，再見
さよなら・さようなら	⦅感⦆ 再見，再會；告別

◆ 色　顔色

色	⦅名⦆ 顔色，彩色
茶色	⦅名⦆ 茶色，褐色，咖啡色
緑	⦅名⦆ 綠色
青い	⦅形⦆ 藍的，綠的，青的；不成熟
赤い	⦅形⦆ 紅的，紅色
黄色い	⦅形⦆ 黃色，黃色的
黒い	⦅形⦆ 黑色的；（膚色）黝黑；骯髒；黑暗
白い	⦅形⦆ 白色的；空白；乾淨，潔白

活用句庫

例 こんばんは。お邪魔します。 　　晩安。打擾了。

例 お元気で。さようなら。 　　請多保重。再見了。

例 寝る前に茶色の薬を一つ飲んでください。 　　睡前請吃一粒咖啡色的藥丸。

例 青い空がきれいです。 　　藍天澄澈美麗。

例 黒いセーターを着た女の子を見ましたか。 　　你看到一位身穿黑色毛衣的女孩了嗎？

練習

I [a～e]の中から適当な言葉を選んで、（　　　）に入れなさい。

| a. では、お元気で | b. では、また | c. こんにちは |
| d. ごちそうさまでした | e. おやすみなさい | |

❶ （　　　　　　　　）明日。

❷ （　　　　　　　　）、いいお天気ですね。

❸ （　　　　　　　　）。また会いましょう。

❹ 先に寝ます。（　　　　　　　　）。

II [a～e]の中から適当な言葉を選んで、（　　　）に入れなさい。（必要なら形を変えなさい。）

| a. 赤い | b. 黄色い | c. 白い | d. 色 | e. 緑 |

❶ この山は、夏は（　　　　　　　　）ですが、秋は赤、冬には茶色になります。

❷ はずかしくて、顔が（　　　　　　　　）なりました。

❸ コーヒーに（　　　　　　　　）砂糖を入れました。

❹ バナナの色は（　　　　　　　　）なりました。

3 基本単語 (3) 基本單字 (3)

◆ 数字 (1)　數字 (1)

| ゼロ【zero】 | 名（數）零；沒有 |

| 零 | 名（數）零；沒有 |

| 一 | 名（數）一；第一，最初；最好 |

| 二 | 名（數）二，兩個 |

| 三 | 名（數）三；三個；第三；三次 |

| 四・四 | 名（數）四；四個；四次（後接「時、時間」時，則唸「四」） |

| 五 | 名（數）五 |

| 六 | 名（數）六；六個 |

| 七・七 | 名（數）七；七個 |

| 八 | 名（數）八；八個 |

| 九・九 | 名（數）九；九個 |

| 十 | 名（數）十；第十 |

| 百 | 名（數）一百；一百歲 |

| 千 | 名（數）千，一千；形容數量之多 |

| 万 | 名（數）萬 |

活用句庫

例 レストランは 三階です。

餐廳在 3 樓。

例 大阪までの切符を 五枚ください。

請給我 5 張前往大阪的車票。

例 今晩 六時から家でパーティーをします。

今晚 6 點開始在家中舉辦派對。

例 昨日の夜は 七時に帰って、晩ご飯を作りました。

我晚上 7 點到家，然後做了晚餐。

例 もう 九時になったので、先に帰ります。

已經 9 點了呀，我該告辭了。

練 習

Ⅰ [a～e]の中から適当な言葉を選んで、(　　)に入れなさい。

a. 九	b. 十	c. 一	d. 万	e. 三

❶ (　　　　　　　　)から三を引くと六になります。

❷ 三十人の子どもに (　　　　　　　)番好きな食べ物を聞きました。

❸ 大人五人と子ども (　　　　　　　)人、全部で八人です。

❹ ワイシャツのポケットに一 (　　　　　　　)円札が入っています。

Ⅱ [a～e]の中から適当な言葉を選んで、(　　)に入れなさい。

a. 七	b. ゼロ	c. 千	d. 百	e. 四

❶ 私は (　　　　　　　)まで生きたいです。

❷ 私は年下の妹三人がいます。(　　　　　　)人兄弟です。

❸ 明日朝八時に出かけますので、(　　　　　　)時に起きましょう。

❹ 日本語がわかりません。(　　　　　　)から始めます。

4 基本単語 (4) 基本單字(4)

◆ 数字 (2)　數字(2)

一つ (ひと)	名（數）一；一個；一歲
二つ (ふた)	名（數）二；兩個；兩歲
三つ (みっ)	名（數）三；三個；三歲
四つ (よっ)	名（數）四個；四歲
五つ (いつ)	名（數）五個；五歲；第五（個）
六つ (むっ)	名（數）六；六個；六歲
七つ (なな)	名（數）七個；七歲
八つ (やっ)	名（數）八；八個；八歲
九つ (ここの)	名（數）九個；九歲
十 (とお)	名（數）十；十個；十歲
幾つ (いく)	名（不確定的個數，年齡）幾個，多少；幾歲
二十歳 (はたち)	名 二十歲
番号 (ばんごう)	名 號碼，號數

活用句庫

例 りんごを一人に 二つ ずつあげます。　　一個人給兩個蘋果。

例 デパートで茶碗を 三つ 買いました。　　我在百貨公司裡買了3只碗。

例 すみません。卵を 六つ ください。　　不好意思，我要6顆雞蛋。

例 パンを 七つ も食べました。　　一連吃了7塊麵包。

例 健太君の弟は 九つ です。　　健太的弟弟今年9歲。

練習

Ⅰ [a～e]の中から適当な言葉を選んで、（　　）に入れなさい。

a. 十	b. 四つ	c. 二十歳	d. 五つ	e. 一つ

❶ 1・2・3・4から一番良い答えを（　　　　　）選びなさい。

❷ （　　　　　）の季節の中で、春が好きです。

❸ 私は（　　　　　）で、来年の1月に成人式を迎えます。

❹ 小学生の息子はもうすぐ（　　　　　）になります。

Ⅱ [a～e]の中から適当な言葉を選んで、（　　）に入れなさい。

a. いくつ	b. 五つ	c. 九つ	d. 三つ	e. 番号

❶ おじいさんはお（　　　　　）ですか。

❷ このメロンは一つ 350 円で、（　　　　　）で 1050 円です。

❸ 電話（　　　　　）をノートに書きます。

❹ パンは七つありますが、卵は（　　　　　）だけです。二つ足りません。

5 基本単語 (5) 基本單字 (5)

きほんたんご

◆ 曜日　星期

日曜日 にちようび	名 星期日
月曜日 げつようび	名 星期一
火曜日 かようび	名 星期二
水曜日 すいようび	名 星期三
木曜日 もくようび	名 星期四
金曜日 きんようび	名 星期五
土曜日 どようび	名 星期六
先週 せんしゅう	名 上個星期，上週
今週 こんしゅう	名 這個星期，本週
来週 らいしゅう	名 下星期
毎週 まいしゅう	名 每個星期，每週，每個禮拜
週間 しゅうかん	名・接尾 ⋯週，⋯星期
誕生日 たんじょうび	名 生日

活用句庫

例 日曜日 は家で音楽を聞きます。　　　　　　星期天我在家裡聽音樂。

例 月曜日 は学校の授業があります。　　　　　星期一要去學校上課。

例 水曜日 に映画を見に行きませんか。　　　　星期三要不要一起去看電影呢？

例 金曜日 の夜に家族とご飯を食べに行きました。　星期五晚上和家人一起去聚了餐。

例 来週 の 土曜日 は暇です。　　　　　　　　下週六有時間。

練 習

I [a～e]の中から適当な言葉を選んで、（　　　）に入れなさい。

a. 火曜日	b. 水曜日	c. 先週	d. 今週	e. 土曜日

❶ （　　　　　　　　　）の日曜日の午後、あなたはどこにいましたか。

❷ 今日は月曜日なので、明日は（　　　　　　　）です。

❸ 私の学校は毎週の週末、（　　　　　　　）と日曜日が休みです。

❹ （　　　　　　　　　）の金曜日は暇です。

II [a～e]の中から適当な言葉を選んで、（　　　）に入れなさい。

a. 先週	b. 木曜日	c. 来週	d. 誕生日	e. 週間

❶ （　　　　　　　　　）の日曜日、林さんは台湾へ帰ります。

❷ 私の（　　　　　　　）は12月9日です。

❸ 1（　　　　　　　）に何回洗濯をしますか。

❹ この病院は毎週（　　　　　　　）がお休みです。

23

6 基本単語 (6) 基本單字 (6)

◆ 日にち　日期

一日 (ついたち)
名（毎月）一號，初一

二日 (ふつか)
名（毎月）二號，二日；兩天；第二天

三日 (みっか)
名（毎月）三號；三天

四日 (よっか)
名（毎月）四號，四日；四天

五日 (いつか)
名（毎月）五號，五日；五天

六日 (むいか)
名（毎月）六號，六日；六天

七日 (なのか)
名（毎月）七號；七日，七天

八日 (ようか)
名（毎月）八號，八日；八天

九日 (ここのか)
名（毎月）九號，九日；九天

十日 (とおか)
名（毎月）十號，十日；十天

二十日 (はつか)
名（毎月）二十日；二十天

一日 (いちにち)
名 一天，終日；一整天

カレンダー【calendar】
名 日曆；全年記事表

活用句庫

例 誕生日まであと 二日 あります。	再過兩天就是生日了。
例 六日 間の京都旅行は楽しかったです。	6天的京都旅行玩得很盡興。
例 バイトを週 四日 しています。	一週打工4天。
例 十月 十日 に学校のテストがあります。	學校10月10日有考試。
例 夏休みは 二十日 から始まります。	暑假從20號開始。

練習

Ⅰ [a〜e]の中から適当な言葉を選んで、(　　)に入れなさい。

a. 五日　　b. 一日　　c. カレンダー　　d. 二日　　e. 五つ

❶ (　　　　　　　　) 酔いで、朝起きるのが辛かったです。

❷ 今日は雨だったので、(　　　　　　　　) 中家にいました。

❸ 来年の (　　　　　　　　) はまだ売っていません。

❹ 日本の五月 (　　　　　　　　) は子どもの日です。

Ⅱ [a〜e]の中から適当な言葉を選んで、(　　)に入れなさい。

a. 一日　　b. いくつ　　c. 三日　　d. 九日　　e. 八日

❶ 荷物は (　　　　　　　　) くらいで届きます。一週間はかかりません。

❷ 台湾の八月 (　　　　　　　　) は父の日です。

❸ 四月 (　　　　　　　　) は嘘ついてもいいです。

❹ 昔九月 (　　　　　　　　) の日は菊を見ながら、お酒を飲みました。

7 基本単語 (7) 基本單字 (7)
きほんたんご

◆ 数詞　量詞
すうし

回 かい	名・接尾	…回，次數
番 ばん	名・接尾	（表示順序）第…，…號；輪班；看守
個 こ	名・接尾	…個
歳 さい	名・接尾	…歳
ページ【page】	名・接尾	…頁
階 かい	接尾	（樓房的）…樓，層
冊 さつ	接尾	…本，…冊
台 だい	接尾	…台，…輛，…架
人 にん	接尾	…人
杯・杯・杯 はい　ばい　ぱい	接尾	…杯
本・本・本 ほん　ぼん　ぽん	接尾	（計算細長的物品）…支，…棵，…瓶，…條
匹・匹・匹 ひき　びき　ぴき	接尾	（鳥，蟲，魚，獸）…匹，…頭，…條，…隻
枚 まい	接尾	（計算平薄的東西）…張，…片，…幅，…扇

活用句庫

例 私は毎週1回スポーツをします。	我每個禮拜運動一次。
例 15番のお客様はこちらへどうぞ。	15號的顧客請往這邊走。
例 今晩、1杯どうですか。	今晚要不要一起去喝一杯呀？
例 犬を1匹飼っています。	我養著一隻狗。
例 50円の切手を7枚ください。	請給我7張50圓郵票。

練習

Ⅰ [a～e]の中から適当な言葉を選んで、（　　）に入れなさい。

a. 回	b. 冊	c. 番	d. 個	e. 台

❶ 駅の3（　　　　　）出口で待っていてください。

❷ 本棚に本が5（　　　　　）あります。

❸ 夏は1日2（　　　　　）シャワーを浴びます。

❹ 田中さんは車を3（　　　　　）も持っています。

Ⅱ [a～e]の中から適当な言葉を選んで、（　　）に入れなさい。

a. 本	b. 枚	c. 杯	d. ページ	e. 階

❶ 今日の授業は教科書の5（　　　　　）からです。

❷ コーヒーをもう1（　　　　　）いかがですか。

❸ 今朝、パンを3（　　　　　）食べました。

❹ 瓶ビールを2（　　　　　）買って来てください。

8 動植物、大自然 (1)

どうしょくぶつ　だいしぜん

動植物、大自然 (1)

◆ 体 (からだ)　身體

頭 (あたま)	名 頭；頭髮；（物體的上部）頂端
顔 (かお)	名 臉，面孔；面子，顏面
耳 (みみ)	名 耳朵
目 (め)	名 眼睛；眼珠，眼球
鼻 (はな)	名 鼻子
口 (くち)	名 口，嘴巴
歯 (は)	名 牙齒
手 (て)	名 手，手掌；胳膊
お腹 (なか)	名 肚子；腸胃
足 (あし)	名 腳；（器物的）腿
体 (からだ)	名 身體；體格，身材
背・背 (せ・せい)	名 身高，身材
声 (こえ)	名 （人或動物的）聲音，語音

活用句庫

例 おなか が痛いです。薬をください。　　　　　我肚子好痛。請給我藥。

例 赤ちゃんは丸い 顔 をしています。　　　　　寶寶的臉圓圓胖胖的。

例 陳さんは 耳 にピアスをしています。　　　　陳小姐的耳朵帶著耳環。

例 李さんは 目 が大きくてきれいです。　　　　李小姐有雙水靈大眼，
　　　　　　　　　　　　　　　　　　　　　　美麗極了。

例 手 を上げてください。　　　　　　　　　　請舉手。

練習

I [a～e]の中から適当な言葉を選んで、（　　　）に入れなさい。

a. 耳	b. 歯	c. 手	d. お腹	e. 鼻

❶ 病気で（　　　　　　　　）が聞こえなくなりました。

❷ 象は（　　　　　　　　）が長くて、体が大きいです。

❸ ご飯の前に（　　　　　　　　）を洗ってください。

❹ ケーキや飴など甘いものを食べたあとは（　　　　　　　　）をよく磨きま
しょう。

II [a～e]の中から適当な言葉を選んで、（　　　）に入れなさい。

a. 顔	b. 口	c. 頭	d. 声	e. 背

❶ かぜをひきました。（　　　　　　　　）が重いです。

❷ （　　　　　　　　）を大きく開けてください。

❸ 電車の中で大きな（　　　　　　　　）を出してはいけません。

❹ （　　　　　　　　）の低い人は前に並んでください。

◆ 人の呼び方　人物的稱呼

わたし 私	⑧ 我（謙遜的唸法為「わたくし」）
おとこ 男	⑧ 男性，男子，男人
おんな 女	⑧ 女人，女性，婦女
おとこ こ 男の子	⑧ 男孩子；年輕小伙子
おんな こ 女の子	⑧ 女孩子；少女
おとな 大人	⑧ 大人，成人
こども 子供	⑧ 自己的兒女；小孩，孩子，兒童
がいこくじん 外国人	⑧ 外國人
ともだち 友達	⑧ 朋友，友人
ひと 人	⑧ 人，人類
かた 方	⑧ 位，人（「人」的敬稱）
がた 方	⑯ （前接人稱代名詞，表對複數的敬稱）們，各位
あなた あなた 貴方・貴女	⑭ （對長輩或平輩尊稱）你，您；（妻子稱呼先生）老公
さん	⑯ （接在人名，職稱後表敬意或親切）…先生，…小姐

活用句庫

例 私の朝ご飯はパンとコーヒーです。

我的早餐是麵包和咖啡。

例 男の子が二人、教室で勉強しています。

有兩個男孩正在教室裡用功。

例 大人5人と子ども3人、全部で8人です。

5個大人，3個小孩，一共8個人。

例 外国人の友達がほしいです。

我希望交到外國朋友。

例 あなたのお国は、どちらですか。

請問您是哪國人呢？

練習

I [a～e]の中から適当な言葉を選んで、（　　）に入れなさい。

a. 私	b. 男	c. 女	d. あなた	e. 人

❶「これは（　　　　　　　　）の傘ですか。」「いいえ、違います。」

❷ あの赤い服を着た（　　　　　　　　）の子は私の弟です。

❸ あそこにいる（　　　　　　　）の子は周さんの妹さんです。

❹「山田さんはどなたですか。」「はい、（　　　　　　　）です。」

II [a～e]の中から適当な言葉を選んで、（　　）に入れなさい。

a. 方	b. 大人	c. 子ども	d. さん	e. 外国人

❶ 勉強したくないです。早く（　　　　　　　）になりたいです。

❷ 毎年多くの（　　　　　　　）が京都に来ます。

❸ 遅れた（　　　　　　　）は入れません。

❹ 桜子さんの（　　　　　　　）は外国で生まれました。

10 動植物、大自然 (3)
動植物、大自然 (3)

◆ 家族 (1) 　家族 (1)

お祖父さん・お爺さん	㊅ 祖父；外公；（對一般老年男子的稱呼）爺爺
お祖母さん・お婆さん	㊅ 祖母；外祖母；（對一般老年婦女的稱呼）老婆婆
父	㊅ 家父，爸爸，父親
母	㊅ 家母，媽媽，母親
お父さん	㊅（「父」的鄭重說法）爸爸，父親
お母さん	㊅（「母」的鄭重說法）媽媽，母親
兄	㊅ 哥哥，家兄；姐夫
姉	㊅ 姊姊，家姊；嫂子
お兄さん	㊅ 哥哥（「兄さん」的鄭重說法）
お姉さん	㊅ 姊姊（「姉さん」的鄭重說法）
弟	㊅ 弟弟（鄭重說法是「弟さん」）
妹	㊅ 妹妹（鄭重說法是「妹さん」）
伯父さん・叔父さん	㊅ 伯伯，叔叔，舅舅，姨丈，姑丈
伯母さん・叔母さん	㊅ 姨媽，嬸嬸，姑媽，伯母，舅媽
両親	㊅ 父母，雙親

兄弟 <ruby>兄弟<rt>きょうだい</rt></ruby>	㊂ 兄弟；兄弟姊妹；親如兄弟的人
家族 <ruby>家族<rt>かぞく</rt></ruby>	㊂ 家人，家庭，親屬
ご主人 <ruby>主人<rt>しゅじん</rt></ruby>	㊂（稱呼對方的）您的先生，您的丈夫
奥さん <ruby>奥<rt>おく</rt></ruby>	㊂ 太太；尊夫人

練 習

Ⅰ [a～e]の中から適当な言葉を選んで、（　）に入れなさい。

a. 母	b. 叔母さん	c. 弟	d. 兄弟	e. お祖母さん

❶ 私は3人（　　　　　　　　）の真ん中です。

❷ 父と（　　　　　　　　）は結婚して30年になりました。

❸ お父さんのお母さんは私の（　　　　　　　　）です。

❹ 上の兄とは二つ、下の（　　　　　　　　）とは四つ違います。

Ⅱ [a～e]の中から適当な言葉を選んで、（　）に入れなさい。

a. 家族	b. お祖父さん	c. 妹	d. お姉さん	e. 伯父さん

❶ 私の下に（　　　　　　　　）が二人と弟が一人います。

❷ 三つ年上の（　　　　　　　　）と私は仲がいいです。

❸ 私の家は私と両親と兄二人がいて、5人（　　　　　　　　）です。

❹ （　　　　　　　　）はお母さんのお兄さんです。

11 動植物、大自然 (4)

動植物、大自然 (4)

◆ 家族 (2)　家族 (2)

| じぶん
自分 | (名) 自己，本人，自身；我 |

| ひとり
一人 | (名) 一人；一個人；單獨一個人 |

| ふたり
二人 | (名) 兩個人，兩人 |

| みな
皆さん | (名) 大家，各位 |

| おおぜい
大勢 | (名) 很多人，眾多人；人數很多 |

| いっしょ
一緒 | (名・自サ) 一塊，一起；一樣；(時間)一齊，同時 |

◆ 大自然　大自然

| そら
空 | (名) 天空，空中；天氣 |

| やま
山 | (名) 山；一大堆，成堆如山 |

| かわ　かわ
川・河 | (名) 河川，河流 |

| うみ
海 | (名) 海，海洋 |

| いわ
岩 | (名) 岩石 |

| き
木 | (名) 樹，樹木；木材 |

| とり
鳥 | (名) 鳥，禽類的總稱；雞 |

| いぬ
犬 | (名) 狗 |

猫 _{ねこ}	名 貓
花 _{はな}	名 花
魚 _{さかな}	名 魚
動物 _{どうぶつ}	名（生物兩大類之一的）動物；（人類以外，特別指哺乳類）動物

練習

I [a～e]の中から適当な言葉を選んで、（　　）に入れなさい。

a. 一緒 _{いっしょ}	b. 大勢 _{おおぜい}	c. 皆さん _{みな}	d. 二人 _{ふたり}	e. 一人 _{ひとり}

❶ 今年の夏、その（　　　　　　　　）は結婚します。
_{ことし} _{なつ} _{けっこん}

❷ この絵は全部私（　　　　　　　　）で描きました。
_え _{ぜんぶわたし} _か

❸ 公園で（　　　　　　　）の子どもが遊んでいます。
_{こうえん} _{あそ}

❹ 友達と（　　　　　　　）に映画を見ました。
_{ともだち} _{えいが} _み

II [a～e]の中から適当な言葉を選んで、（　　）に入れなさい。

a. 空 _{そら}	b. 鳥 _{とり}	c. 岩 _{いわ}	d. 卵 _{たまご}	e. 海 _{うみ}

❶ 今日の（　　　　　　　　）は曇っています。
_{きょう} _{くも}

❷ この山は（　　　　　　　　）がたくさんあります。
_{やま}

❸ （　　　　　　　　）に泳ぎに行きましょう。
_{およ} _い

❹ 山にきれいな（　　　　　　　）がたくさんいました。
_{やま}

◆ 季節、気象　季節、氣象

春 はる	名 春天，春季
夏 なつ	名 夏天，夏季
秋 あき	名 秋天，秋季
冬 ふゆ	名 冬天，冬季
風 かぜ	名 風
雨 あめ	名 雨，下雨，雨天
雪 ゆき	名 雪
天気 てんき	名 天氣；晴天，好天氣
晴れ は	名 (天氣)晴，(雨，雪)停止，放晴
暑い あつ	形 (天氣)熱，炎熱
寒い さむ	形 (天氣)寒冷
涼しい すず	形 涼爽，涼爽

活用句庫

例 私は暑い夏は嫌いです。 　　　我討厭炎熱的夏天。

例 秋は涼しくて、食べ物がおいしいです。 　　　秋高氣爽，食物也特別美味。

例 今年の冬は雪が少ないです。 　　　今年冬天的雪很少。

例 今日は冷たい風が吹いています。 　　　今天一直都吹著冷風。

例 雨が降っていますから、出かけません。 　　　因為下雨，所以就不出門了。

練習

Ⅰ [a～e]の中から適当な言葉を選んで、( )に入れなさい。

a. 雨	b. 秋	c. 水	d. 春	e. 夏

❶ 日本の( )はとても暑いです。

❷ ( )は柿がおいしいです。

❸ 長い冬が過ぎて、( )が来ました。

❹ ( )が降っているので、傘を差している人がたくさんいます。

Ⅱ [a～e]の中から適当な言葉を選んで、( )に入れなさい。

a. 暖かい	b. 暑い	c. 温い	d. 涼しい	e. 寒い

❶ 木の下で休むと、( )風が吹いて来て、気持ちいいです。

❷ ビールが( )ので、冷蔵庫に入れてください。

❸ 今日は( )です。冷たい飲み物が欲しいです。

❹ 冬は( )ですから、出かけたくないです。

13 日常生活 (1) 日常生活 (1)

◆ 身の回り品　身邊的物品

鞄	⑧ 皮包，提包，公事包，書包
荷物	⑧ 行李，貨物
帽子	⑧ 帽子
ネクタイ【necktie】	⑧ 領帶
ハンカチ【handkerchief 之略】	⑧ 手帕
眼鏡	⑧ 眼鏡
財布	⑧ 錢包
お金	⑧ 錢，貨幣
鍵	⑧ 鑰匙；鎖頭；關鍵
煙草	⑧ 香煙；煙草
灰皿	⑧ 菸灰缸
マッチ【match】	⑧ 火柴；火材盒
スリッパ【slipper】	⑧ 室內拖鞋
靴下	⑧ 襪子
箱	⑧ 盒子，箱子，匣子

| 物 _{もの} | 名（有形）物品，東西；（無形的）事物 |
| 薬 _{くすり} | 名 藥，藥品 |

13 日常生活（1）

活用句庫

例 あの 鞄（かばん）がほしいです。 好想要那個包包。

例 重（おも）い 荷物（にもつ）を持（も）って階段（かいだん）を登（のぼ）りました。 扛著沉重的行李爬上了樓梯。

例 帽子（ぼうし）をバスの中（なか）に忘（わす）れました。 我把帽子忘在公車上了。

例 この ハンカチ は彼女（かのじょ）からもらいました。 這條手帕是她送給我的。

例 父（ちち）は新聞（しんぶん）を読（よ）むときに 眼鏡（めがね）をかけます。 父親看報紙時會戴眼鏡。

練習

Ⅰ [a～e]の中から適当な言葉を選んで、（　）に入れなさい。

| a. もの　b. めがね　c. ネクタイ　d. 帽子（ぼうし）　e. ハンカチ |

❶ 田中（たなか）さんは（　　　　　　　）をかけています。

❷ 健太君（けんたくん）はいつも（　　　　　　　）をかぶっています。

❸ ワイシャツに白（しろ）い（　　　　　　　）をして、結婚式（けっこんしき）へ出（で）かけます。

❹ 甘（あま）い（　　　　　　　）が大好（だいす）きです。

Ⅱ [a～e]の中から適当な言葉を選んで、（　）に入れなさい。

| a. 靴下（くつした）　b. 財布（さいふ）　c. お金（かね）　d. 箱（はこ）　e. タバコ |

❶ 花子（はなこ）さんは赤（あか）い（　　　　　　　）を履（は）いて学校（がっこう）へ行（い）きました。

❷ （　　　　　　　）は吸（す）わない方（ほう）がいいです。体（からだ）に悪（わる）いですから。

❸ その人形（にんぎょう）は木（き）の（　　　　　　　）に入（はい）っていました。

❹ ここに（　　　　　　　）を入（い）れると、切符（きっぷ）が出（で）ます。

◆ 衣服　衣服

背広	名 （男子穿的）西裝（的上衣）
シャツ【shirt】	名 襯衫
ワイシャツ【white shirt 之略】	名 襯衫
ポケット【pocket】	名 口袋，衣袋
服	名 衣服
上着	名 上衣；外衣
コート【coat】	名 外套，大衣；（西裝的）上衣
洋服	名 西服，西裝
ズボン【(法) jupon】	名 西裝褲；褲子
ボタン【(葡) botão・(英) button】	名 釦子，鈕釦；按鍵
セーター【sweater】	名 毛衣
スカート【skirt】	名 裙子
靴	名 鞋子

活用句庫

例 姉の 服 はみんなきれいです。

姉姉的衣服都很漂亮。

例 上着 のポケットにハンカチを入れました。

西裝外套的口袋裡放了一條手帕。

例 昨日、赤い セーター を買いました。

昨天我買了件紅色毛衣。

例 渡辺さんは黒い ズボン を穿いています。

渡邊小姐穿著黑色的長褲。

例 白の スカート が好きです。

我喜歡白色的裙子。

練 習

I [a～e]の中から適当な言葉を選んで、( )に入れなさい。

a. スリッパ	b. 背広	c. 洋服	d. ポケット	e. ズボン

❶ 仕事のために、( )を作りました。

❷ 母は( )より和服が好きです。

❸ 優子さんはスカートが嫌いなのでいつも( )です。

❹ この服は( )がたくさんあって便利です。

II [a～e]の中から適当な言葉を選んで、( )に入れなさい。

a. ボタン	b. スカート	c. シャツ	d. 財布	e. コート

❶ 教室の中では( )を脱いでください。

❷ その( )にはこのネクタイが合います。

❸ ( )の中にお金がありません。

❹ そのズボンの( )が取れていますよ。

15 日常生活 (3) 日常生活 (3)

◆ 食べ物 (1) 食物 (1)

ご飯	名 米飯；飯食，餐
朝ご飯	名 早餐，早飯
昼ご飯	名 午餐
晩ご飯	名 晚餐
夕飯	名 晚飯
食べ物	名 食物，吃的東西
飲み物	名 飲料
お弁当	名 便當
料理	名・自他サ 菜餚，飯菜；做菜，烹調
お菓子	名 點心，糕點
飴	名 糖果；麥芽糖
食堂	名 食堂，餐廳，飯館

活用句庫

- 例 母はいつも美味しい ご飯 を作ってくれます。

  母親總會為我做美味的菜餚。

- 例 犬に 食べ物 をやらないでください。

  請勿餵食小狗。

- 例 こちらは お弁当 を売る店です。

  這邊是販賣便當的店。

- 例 私はいつもこの 食堂 で 昼ご飯 を食べます。

  我總是在這間食堂吃午餐。

- 例 日本の お菓子 を和菓子と言います。

  日本的糕點稱為「和菓子」。

15 日常生活(3)

練習

Ⅰ [a～e]の中から適当な言葉を選んで、(　　)に入れなさい。

a. 飲み物	b. お酒	c. 昼ご飯	d. 晩ご飯	e. 食堂

❶ 紅茶など温かい (　　　　　　　　) はいかがですか。

❷ (　　　　　　　　) はいつも家で作ったお弁当を食べます。

❸ お風呂に入ってから (　　　　　　　　) を食べました。

❹ 学校の学生 (　　　　　　　　) で定食を頼みました。

Ⅱ [a～e]の中から適当な言葉を選んで、(　　)に入れなさい。

a. フォーク	b. 料理	c. 肉	d. タバコ	e. お菓子

❶ 今日の晩ご飯は鳥肉と卵を使って作った (　　　　　　　　) です。

❷ 甘い (　　　　　　　　) を三つも食べました。

❸ ここでは (　　　　　　　　) を吸わないでください。

❹ (　　　　　　　　) と野菜を使って、カレーを作りました。

16 日常生活 (4) 日常生活 (4)

◆ 食べ物 (2) 食物 (2)

コーヒー【(荷) koffie】 　　名 咖啡

牛乳（ぎゅうにゅう） 　　名 牛奶

お茶（ちゃ） 　　名 茶，茶葉（「茶」的鄭重說法）；茶道

水（みず） 　　名 水；冷水

お酒（さけ） 　　名 酒（「酒」的鄭重說法）；清酒

肉（にく） 　　名 肉

鶏肉・鳥肉（とりにく・とりにく） 　　名 雞肉；鳥肉

牛肉（ぎゅうにく） 　　名 牛肉

豚肉（ぶたにく） 　　名 豬肉

パン【(葡) pão】 　　名 麵包

野菜（やさい） 　　名 蔬菜，青菜

卵（たまご） 　　名 蛋，卵；鴨蛋，雞蛋

果物（くだもの） 　　名 水果，鮮果

活用句庫

例 お肉が食べたいです。豚肉がいいです。　　　我想吃肉。最好是豬肉。

例 暑い日やスポーツの後は、水をたくさん飲みましょう。　　　天氣炎熱時以及運動之後請記得多喝水。

例 卵を5個ください。　　　請給我5顆。

例 台湾には果物がたくさんあります。　　　台灣生產很多種水果。

例 牛肉はおいしいですが、高いです。　　　牛肉雖然好吃，但價格昂貴。

練習

Ⅰ [a～e]の中から適当な言葉を選んで、（　）に入れなさい。

a. 豚肉	b. パン	c. 野菜	d. コーヒー	e. 牛乳

❶ ご飯と（　　　　　　　　　）とどっちがいいですか。

❷ 肉屋で（　　　　　　　　　）を1キロ買いました。

❸ （　　　　　　　　　）に砂糖はいりますか。

❹ 角の八百屋で（　　　　　　　　　）を買いました。

Ⅱ [a～e]の中から適当な言葉を選んで、（　）に入れなさい。

a. お酒	b. お弁当	c. 果物	d. 鶏肉	e. お茶

❶ 昨日の夕飯の後は（　　　　　　　　　）をたくさん食べました。

❷ （　　　　　　　　　）を飲んだので、タクシーで家に帰りました。

❸ （　　　　　　　　　）とコーヒーとどちらがいいですか。

❹ （　　　　　　　　　）料理が好きです。毎日食べてもいいです。

17 日常生活 (5) 日常生活 (5)

◆ 食器、調味料　器皿、調味料

バター【butter】	名 奶油

醤油	名 醬油

塩	名 鹽，食鹽

砂糖	名 砂糖

スプーン【spoon】	名 湯匙

フォーク【fork】	名 叉子，餐叉

ナイフ【knife】	名 刀子，小刀，餐刀

お皿	名 盤子（「皿」的鄭重說法）

茶碗	名 碗，茶杯，飯碗

箸	名 筷子，箸

グラス【glass】	名 玻璃杯；玻璃

コップ【(荷) kop】	名 杯子，玻璃杯

カップ【cup】	名 杯子；（有把手的）茶杯

活用句庫

例 健太君はいつも野菜に 醤油 をかけて 食べます。

健太習慣在蔬菜上淋上醬油享用。

例 ナイフ と フォーク を使って食事をします。

使用刀叉來進食。

例 デパートで お皿 を５枚買いました。

我在百貨公司買了５個盤子。

例 グラス に牛乳を入れて飲みました。

把牛奶倒入玻璃杯中飲用了。

例 田中さんはコーヒー カップ を買いました。

田中小姐買了一只咖啡杯。

練 習

Ⅰ [a～e]の中から適当な言葉を選んで、(　　)に入れなさい。

a. 砂糖	b. 飴	c. バター	d. 水	e. 醤油

❶ 餃子は少し(　　　　　　　)をかけて食べてください。

❷ コーヒーに(　　　　　　　)を入れてください。

❸ トーストに(　　　　　　　)を塗って食べることが好きです。

❹ 今日は暑いですから、冷たい(　　　　　　　)が飲みたいです。

Ⅱ [a～e]の中から適当な言葉を選んで、(　　)に入れなさい。

a. スプーン	b. コップ	c. ナイフ	d. お皿	e. 箸

❶ 日本人は(　　　　　　　)でご飯を食べます。

❷ 毎朝、(　　　　　　　)１杯の牛乳を飲みます。

❸ (　　　　　　　)で肉を小さく切って食べます。

❹ (　　　　　　　)でスープを飲みます。

18 日常生活 (6)
にちじょうせいかつ

日常生活 (6)

◆ 家　住家
いえ

家 いえ	名 房子，房屋；（自己的）家；家庭
家 うち	名 自己的家裡（庭）；房屋
アパート 【apartment house 之略】	名 公寓
庭 にわ	名 庭院，院子，院落
プール【pool】	名 游泳池
池 いけ	名 （庭院中的）水池；池塘
ドア【door】	名 （大多指西式前後推開的）門；（任何出入口的）門
門 もん	名 門，大門
戸 と	名 （大多指左右拉開的）門；大門
入り口 いぐち	名 入口，門口
出口 でぐち	名 出口
所 ところ	名 （所在的）地方，地點
外国 がいこく	名 外國，外洋
国 くに	名 國家；國土；故鄉

48

活用句庫

例 両親の 家 はここから遠いところにあります。　　我父母住在很遠的地方。

例 佐藤さんの アパート は広いです。　　佐藤小姐的公寓很寬敞。

例 庭 に犬が３匹います。　　庭院裡有３隻狗。

例 ドア を開けてください。　　請打開門。

例 プール の横にサウナがあります。　　泳池旁有三溫暖。

練習

I [a ～ e]の中から適当な言葉を選んで、(　　)に入れなさい。

a. 家　　b. ドア　　c. プール　　d. トイレ　　e. ところ

❶ (　　　　　　　　)に入る前に体操をしましょう。

❷ バイクで日本のいろいろな(　　　　　　　)を旅行したいです。

❸ 私の(　　　　　　　)の隣にレストランがあります。

❹ 目の前で電車の(　　　　　　　)が閉まりました。

II [a ～ e]の中から適当な言葉を選んで、(　　)に入れなさい。

a. 入り口　　b. アパート　　c. 箱　　d. 池　　e. 庭

❶ デパートの(　　　　　　　)で待っています。

❷ (　　　　　　　)に小さい花が咲いていました。

❸ (　　　　　　　)に魚がいます。

❹ 駅から近い(　　　　　　　)に住みたいです。

19 日常生活 (7) 日常生活 (7)

◆ 部屋、設備　房間、設備

机 つくえ	名 桌子，書桌
椅子 いす	名 椅子
部屋 へや	名 房間；屋子
窓 まど	名 窗戶
ベッド【bed】	名 床，床舖
シャワー【shower】	名 淋浴
トイレ【toilet】	名 廁所，洗手間，盥洗室
台所 だいどころ	名 廚房
玄関 げんかん	名（建築物的）正門，前門，玄關
階段 かいだん	名 樓梯，階梯，台階
お手洗い てあら	名 廁所，洗手間，盥洗室
風呂 ふろ	名 浴缸，澡盆；洗澡；洗澡熱水

活用句庫

例 机の上にボールペンがあります。　　　　桌上有原子筆。

例 椅子を五つ並べてください。　　　　　　請將椅子排成5列。

例 玄関で靴を脱いでください。　　　　　　請在玄關脱鞋。

例 エレベーターは階段の近くにあります。　電梯在樓梯附近。

例 寒いですから、窓を閉めてください。　　好冷喔，請把窗戸關上。

練習

Ⅰ[a～e]の中から適当な言葉を選んで、(　　)に入れなさい。

a. 台所	b. ベッド	c. 窓	d. 階段	e. 風呂

❶ 今日から上の(　　　　　　　　)で寝ます。

❷ お(　　　　　　　)で体を洗います。

❸ 寒いですね。(　　　　　　　　)を閉めましょうか。

❹ 母は(　　　　　　　)で晩ご飯を作っています。

Ⅱ[a～e]の中から適当な言葉を選んで、(　　)に入れなさい。

a. お手洗い	b. 机	c. 部屋	d. シャワー	e. 椅子

❶ (　　　　　　　)を出るときは、戸を閉めてください。

❷ 朝、(　　　　　　　)を浴びてから学校へ行きます。

❸ この(　　　　　　　)に座ってください。

❹ (　　　　　　　)の上にきれいな花瓶があります。

20 日常生活 (8) 日常生活 (8)

にちじょうせいかつ

◆ 家具、家電 家具、家電
かぐ　かでん

時計 とけい	名 鐘錶，手錶
石鹸 せっけん	名 香皂，肥皂
花瓶 かびん	名 花瓶
本棚 ほんだな	名 書架，書櫃，書櫥
テーブル【table】	名 桌子；餐桌，飯桌
ラジカセ【(和) radio + cassette 之略】	名 收錄兩用收音機，錄放音機
テープレコーダー【tape recorder】	名 磁帶錄音機
テレビ【television 之略】	名 電視
ラジオ【radio】	名 收音機；無線電
ストーブ【stove】	名 火爐，暖爐
電気 でんき	名 電力；電燈；電器
電話 でんわ	名・自サ 電話；打電話
冷蔵庫 れいぞうこ	名 冰箱，冷藏室，冷藏庫

活用句庫

例 山田さんは外国で高い 時計 を三つも買いました。

山田小姐在國外買了多達３隻昂貴的手錶。

例 毎月 電話 をどのぐらい使いますか。

每個月的電話用量大概是多少呢？

例 花瓶 に花を生けます。

在花瓶裡插入花朵裝飾。

例 テーブル の上にお皿が９枚あります。

桌上有９個盤子。

例 私の家には テレビ も ラジオ もありません。

我家既沒有電視，也沒有收音機。

練習

I [a〜e]の中から適当な言葉を選んで、（　　）に入れなさい。

a. 電話	b. ラジオ	c. 電気	d. 本棚	e. 時計

❶ （　　　　　　　　）に本が 100 冊ぐらいあります。

❷ 優子さんは友達と（　　　　　　　　）で話しています。

❸ 部屋が暗いですね。（　　　　　　　　）を点けましょう。

❹ 運転中は（　　　　　　　　）や音楽を聞いています。

II [a〜e]の中から適当な言葉を選んで、（　　）に入れなさい。

a. テーブル	b. 冷蔵庫	c. テレビ	d. ストーブ	e. 石鹸

❶ ご飯の前に（　　　　　　　　）で手を洗いましょう。

❷ （　　　　　　　　）にビールが入っているから、取って来てください。

❸ 健太君はいつも（　　　　　　　　）を見ながら、ご飯を食べます。

❹ 寒いですね。（　　　　　　　　）を点けてください。

21 日常生活 (9) 日常生活 (9)

◆ 交通　交通

橋	名 橋，橋樑
町	名 城鎮；町
道	名 路，道路
駅	名（鐵路的）車站
交差点	名 交差路口
車	名 車子的總稱，汽車
自動車	名 車，汽車
自転車	名 腳踏車，自行車
バス【bus】	名 巴士，公車
タクシー【taxi】	名 計程車
電車	名 電車
地下鉄	名 地下鐵
飛行機	名 飛機
エレベーター【elevator】	名 電梯，升降機

活用句庫

㉕ 新しい 自動車 が欲しいです。

㉕ 天気のいい日は 自転車 で学校へ行きます。

㉕ ここからホテルまで タクシー でいくらですか。

㉕ 東京まで 車 で3時間かかります。

㉕ 道 を渡るときは 車 に気を付けましょう。

想要一台新車。

天氣晴朗的時候會騎自行車上學。

請問從這裡搭計程車到飯店，車資是多少錢呢？

開車到東京需耗時3個鐘頭。

過馬路的時候要小心車輛喔。

練習

Ⅰ [a～e]の中から適当な言葉を選んで、(　　)に入れなさい。

| a. 交差点 | b. 車 | c. 地下鉄 | d. 飛行機 | e. 橋 |

❶ あの (　　　　　　　) を左へ曲がってください。

❷ 台湾では (　　　　　　　) は右側を走ります。

❸ ヨーロッパでは石の (　　　　　　　) が多いです。

❹ (　　　　　　　) が空を飛んでいます。

Ⅱ [a～e]の中から適当な言葉を選んで、(　　)に入れなさい。

| a. 駅 | b. バス | c. タクシー | d. エレベーター | e. 道 |

❶ (　　　　　　　) がないので、階段を登りました。

❷ 運転手さん、この (　　　　　　　) をまっすぐ行ってください。

❸ (　　　　　　　) にたくさんの人が乗っていました。

❹ (　　　　　　　) から電車に乗って学校へ行きます。

22 日常生活 (10)

にちじょうせいかつ

日常生活 (10)

◆ 建物 （たてもの）　建築物

店（みせ）	名 店，商店，店鋪，攤子
映画館（えいがかん）	名 電影院
病院（びょういん）	名 醫院
大使館（たいしかん）	名 大使館
喫茶店（きっさてん）	名 咖啡店
レストラン【（法）restaurant】	名 西餐廳
建物（たてもの）	名 建築物，房屋
デパート【department store 之略】	名 百貨公司
八百屋（やおや）	名 蔬果店，菜舖
公園（こうえん）	名 公園
銀行（ぎんこう）	名 銀行
郵便局（ゆうびんきょく）	名 郵局
ホテル【hotel】	名 （西式）飯店，旅館

活用句庫

例 駅前に新しい 映画館 ができました。

車站前開了家新的電影院。

例 銀行 は午後３時に閉まります。

銀行於下午３點關門。

例 太郎君の家は 大使館 の北側です。

太郎的家位於大使館的北側。

例 この 建物 は去年できました。

這棟建築物是去年落成的。

例 この近くに 郵便局 はありませんか。

這附近有沒有郵局呢？

練 習

Ⅰ [a～e]の中から適当な言葉を選んで、（　　）に入れなさい。

a. 喫茶店	b. ホテル	c. 病院	d. 大使館	e. 八百屋

❶ 疲れたので、（　　　　　　　　）に入って、コーヒーを飲みました。

❷ 父は（　　　　　　　　）で働いていますが、医者ではありません。

❸ （　　　　　　　　）で果物や野菜を買いました。

❹ この（　　　　　　　　）は１泊で１万円です。

Ⅱ [a～e]の中から適当な言葉を選んで、（　　）に入れなさい。

a. デパート	b. 公園	c. 郵便局	d. 映画館	e. レストラン

❶ 今夜は（　　　　　　　　）でステーキを食べましょう。

❷ 今朝は山下さんと（　　　　　　　　）を散歩しました。

❸ （　　　　　　　　）へプレゼントを買いに行きます。

❹ 新しい（　　　　　　　　）ができました。映画を見にいきましょう。

23 日常生活 (11)

にちじょうせいかつ

日常生活 (11)

◆ 娛楽、嗜好　娛樂、嗜好

ごらく　しこう

| 映画 えいが | 名 電影 |

| 音楽 おんがく | 名 音樂 |

| レコード【record】 | 名 唱片，黑膠唱片（圓盤形） |

| テープ【tape】 | 名 錄音帶，卡帶；膠布，膠帶 |

| ギター【guitar】 | 名 吉他 |

| 歌 うた | 名 歌，歌曲 |

| 絵 え | 名 畫，圖畫，繪畫 |

| カメラ【camera】 | 名 照相機；攝影機 |

| 写真 しゃしん | 名 照片，相片，攝影 |

| フィルム【film】 | 名 底片，膠片；影片；電影 |

| 買い物 かもの | 名 購物，買東西；要買的東西 |

| パーティー【party】 | 名（社交性的）集會，晚會，宴會，舞會 |

活用句庫

例 花子さんは 音楽 が好きです。 　　　花子小姐熱愛音樂。

例 古いクラシックの レコード を聞くのが好きです。 　　我喜歡欣賞古典樂的唱片。

例 私は日本の古い 歌 が好きです。 　　我喜歡日本的老歌。

例 山本さんは明るい 映画 が好きです。 　　山本先生喜歡看明朗愉快的電影。

例 友達に家族の 写真 を見せました 。 　　我讓朋友看了我家人的相片。

練 習

I [a ～ e]の中から適当な言葉を選んで、(　　)に入れなさい。

a. レコード	b. 音楽	c. 写真	d. 雑誌	e. カメラ

❶ 旅行に行って、外国の町の(　　　　　　　　)をたくさん撮りました。

❷ 私は毎晩ラジオで(　　　　　　　　)を聞いてから寝ます。

❸ この(　　　　　　　)にはフィルムはいりません。

❹ 私は毎週月曜日に漫画(　　　　　　　)を買います。

II [a ～ e]の中から適当な言葉を選んで、(　　)に入れなさい。

a. パーティー	b. 絵	c. ギター	d. 映画	e. 買い物

❶ この(　　　　　　　)を描いた人は鈴木さんです。

❷ ローラさんの誕生日(　　　　　　　)はホテルで開きます。

❸ 日曜日に母と一緒にデパートに(　　　　　　)に行きました。

❹ 弟が(　　　　　　　)をひいています。

24 日常生活 (12)
にちじょうせいかつ

日常生活 (12)

◆ 学校　學校
がっこう

学校 がっこう	名 學校；（有時指）上課
大学 だいがく	名 大學
教室 きょうしつ	名 教室；研究室
クラス【class】	名 （學校的）班級；階級，等級
生徒 せいと	名 （中學，高中）學生
学生 がくせい	名 學生（主要指大專院校的學生）
留学生 りゅうがくせい	名 留學生
授業 じゅぎょう	名・自サ 上課，教課，授課
休み やす	名 休息；假日，休假；停止營業；缺勤；睡覺
夏休み なつやす	名 暑假
図書館 としょかん	名 圖書館
ニュース【news】	名 新聞，消息
病気 びょうき	名 生病，疾病
風邪 かぜ	名 感冒，傷風

活用句庫

例 その人、昨日のニュースに出ていましたよ。

那個人曾出現在昨天的電視新聞裡面喔。

例 大学前でバスを降りてください。

請在「大學前」這站下車。

例 授業の後、図書館で勉強します。

下課後要去圖書館用功。

例 今年の夏休みは外国に旅行に行きます。

今年暑假我要出國旅遊。

例 あなたは風邪ですから、よく休んでください。

你感冒了，請好好休息。

練習

I [a～e]の中から適当な言葉を選んで、（　　）に入れなさい。

| a. 夏休み | b. 図書館 | c. クラス | d. ニュース | e. 病気 |

❶ 弟は体が弱くて、（　　　　　　　　　）になりやすいです。

❷ ときどき（　　　　　　　　　）で本を借ります。

❸ 私の（　　　　　　　　　）には外国人が3人います。

❹ （　　　　　　　　　）に旅行に行きました。とても楽しかったです。

II [a～e]の中から適当な言葉を選んで、（　　）に入れなさい。

| a. 学校 | b. 風邪 | c. 教室 | d. 留学生 | e. 休み |

❶ アリさんはインドから来た（　　　　　　　　　）です。

❷ 昼（　　　　　　　　　）に銀行に行きました。

❸ （　　　　　　　　　）をひいたので、早く帰ります。

❹ 小林さんのお父さんは台北にある（　　　　　　　　　）の先生です。

25 日常生活 (13)
にちじょうせいかつ
日常生活 (13)

◆ 学習　學習
がくしゅう

言葉 こと ば	⑧ 語言，詞語
話 はなし	⑧ 話，說話，講話
英語 えい ご	⑧ 英語，英文
問題 もんだい	⑧ 問題；(需要研究，處理，討論的)事項
宿題 しゅくだい	⑧ 作業，家庭作業
テスト【test】	⑧ 考試，試驗，檢查
意味 い み	⑧ (詞句等)意思，含意，意義
名前 な まえ	⑧ (事物與人的)名字，名稱
片仮名 かた か な	⑧ 片假名
平仮名 ひら が な	⑧ 平假名
漢字 かん じ	⑧ 漢字
作文 さく ぶん	⑧ 作文

活用句庫

例 この 言葉 は大切ですから、覚えてください。

這個詞彙很重要，請務必記住。

例 コーヒーを飲んでから 宿題 をします。

喝了咖啡，就去寫功課。

例 今日の宿題は、漢字 と 作文 です。

今天的回家作業是漢字和作文。

例 今日の テスト は難しかったですか。

今天考試的題目很難嗎？

例 小林さんは 英語 が上手です。

小林先生的英文流利。

練習

I [a～e]の中から適当な言葉を選んで、（　　）に入れなさい。

a. 生徒	b. 言葉	c. テスト	d. 片仮名	e. 問題

❶ 高橋さんは作文の（　　　　　　　）で一番になりました。

❷ （　　　　　　　）がわかりませんから、海外旅行は嫌いです。

❸ やさしい（　　　　　　）から先に答えを考えてください。

❹ 名前は（　　　　　　　）で書いてください。

II [a～e]の中から適当な言葉を選んで、（　　）に入れなさい。

a. 英語	b. 意味	c. 名前	d. 授業	e. 宿題

❶ （　　　　　　　）ができないから、海外旅行で困りました。

❷ この言葉の（　　　　　　）を教えてください。

❸ 一緒に（　　　　　　）をやりましょう。

❹ ここに自分の（　　　　　　）を書いてください。

26 日常生活 ⑭
にちじょうせいかつ

日常生活 ⑭

◆ **文房具、出版品** 文具用品、出版物
ぶんぼうぐ しゅっぱんひん

| ボールペン
【ball-point pen 之略】 | 图 原子筆，鋼珠筆 |

| ペン【pen】 | 图 筆，原子筆，鋼筆 |

| 万年筆
まんねんひつ | 图 鋼筆 |

| 鉛筆
えんぴつ | 图 鉛筆 |

| コピー【copy】 | 名・他サ 拷貝，複製，副本 |

| 字引
じびき | 图 字典，辭典 |

| 新聞
しんぶん | 图 報紙 |

| 本
ほん | 图 書，書籍 |

| ノート【notebook 之略】 | 图 筆記本；備忘錄 |

| 辞書
じしょ | 图 字典，辭典 |

| 雑誌
ざっし | 图 雜誌，期刊 |

| 紙
かみ | 图 紙 |

活用句庫

例 辞書を使って、日本語の新聞を読みます。　翻著字典來閱讀日文新聞。

例 鉛筆とノートをください。　請給我鉛筆和筆記本。

例 紙と鉛筆を貸してください。　請借我紙和鉛筆。

例 先生に万年筆で手紙を書きます。　以鋼筆寫信給老師。

例 本が2冊あります。ノートも2冊あります。　這裡有兩本書，還有兩本筆記本。

練習

Ⅰ [a～e]の中から適当な言葉を選んで、（　　）に入れなさい。

a. 本	b. ノート	c. コピー	d. ボールペン	e. 葉書

❶ 日本語の単語を覚えるために、（　　　　　　　）に書いて勉強します。

❷ 図書館に（　　　　　　　）を返しに行きます。

❸ 私は（　　　　　　　）ではなく鉛筆で手紙を書きました。

❹ 周さんは新聞の（　　　　　　　）を取っています。

Ⅱ [a～e]の中から適当な言葉を選んで、（　　）に入れなさい。

a. ペン	b. 新聞	c. 辞書	d. テープ	e. 紙

❶ わからない言葉を（　　　　　　　）で引きました。

❷ 毎朝（　　　　　　　）を読んでから、会社へ行きます。

❸ この（　　　　　　　）は太くて字が書きやすいです。

❹ この（　　　　　　　）に好きな絵を描いてください。

27 日常生活 (15) 日常生活 (15)

◆ 仕事、郵便　工作、郵局

先生 せんせい	⒜ 老師，師傅；醫生，大夫
医者 いしゃ	⒜ 醫生，大夫
お巡りさん まわ	⒜（俗稱）警察，巡警
警官 けいかん	⒜ 警官，警察
会社 かいしゃ	⒜ 公司；商社
仕事 しごと	⒜ 工作；職業
葉書 はがき	⒜ 明信片
手紙 てがみ	⒜ 信，書信，函
封筒 ふうとう	⒜ 信封，封套
ポスト【post】	⒜ 郵筒，信箱
切手 きって	⒜ 郵票
切符 きっぷ	⒜ 票，車票

活用句庫

例 昨日は 先生 の誕生日でした。　　　　昨天是老師的生日。

例 交番の前に おまわりさん が立っています。　　警察正站在派出所前面。

例 田中さんのお兄さんは 警官 です。　　　　田中先生的哥哥是警官。

例 台湾を旅行中の友達から 葉書 が届きました。　　正在台灣旅行的朋友寄出的明信片已經送到了。

例 コンビニの前に ポスト があります。　　在便利商店的前面有座郵筒。

練 習

Ⅰ [a～e] の中から適当な言葉を選んで、(　　) に入れなさい。

a. 先生	b. 仕事	c. おまわりさん	d. 会社	e. 医者

❶ 歯が痛いので、歯 (　　　　　　　　) に行きます。

❷ 山田さんと佐藤さんは同じ (　　　　　　　　) で働いています。

❸ この (　　　　　　　　) は終わるまで十日かかります。

❹ 道がわからなかったので、(　　　　　　　　) に尋ねました。

Ⅱ [a～e] の中から適当な言葉を選んで、(　　) に入れなさい。

a. 手紙	b. 鉛筆	c. 切符	d. 切手	e. 封筒

❶ 電車の (　　　　　　　　) を買いました。

❷ お金は (　　　　　　　　) に入っていました。

❸ 外国に住んでいる友達に (　　　　　　　　) を書きました。

❹ (　　　　　　　　) を貼るのを忘れたまま、ポストに入れました。

28 日常生活 (16)

日常生活 (16)

◆ **方向、位置** 方向、位置

東	(名) 東，東方，東邊
西	(名) 西，西邊，西方
南	(名) 南，南方，南邊
北	(名) 北，北方，北邊
上	(名)（位置）上面，上部；年紀較大，在上位者
下	(名)（位置的）下，下面，底下；年紀小
左	(名) 左，左邊；左手
右	(名) 右，右側，右邊，右方
外	(名) 外面，外邊；戶外
中	(名) 裡面，內部；其中
前	(名)（空間的）前，前面
後ろ	(名) 後面；背面，背地裡
向こう	(名) 前面，正對面；另一側；那邊

活用句庫

例 謝さんの家は駅の 北 側にあります。

例 交番の前を 右 に曲がってください。

例 テーブルの 上 にコップはいくつありますか。

例 ドアの 向こう に誰かがいます。

例 後ろ の席の人は聞こえますか。

謝先生的家位於車站的
北側。

請在警察局前向右轉。

桌上有幾個杯子呢？

門的另一頭有人。

坐在後面的人聽得到嗎？

練習

Ⅰ [a 〜 e]の中から適当な言葉を選んで、（　　）に入れなさい。

| a. 東 | b. 外 | c. 上 | d. 下 | e. 左 |

❶ （　　　　　　　　）から帰ったら、石鹸で手を洗います。

❷ （　　　　　　　　）の空からきれいな丸い月が出てきました。

❸ 川の （　　　　　　　　）にかかる橋を渡りました。

❹ 日本では、車は （　　　　　　　　）側を通ります。

Ⅱ [a 〜 e]の中から適当な言葉を選んで、（　　）に入れなさい。

| a. 北 | b. 南 | c. 前 | d. 中 | e. 西 |

❶ 札幌は東京から 800 キロメートル（　　　　　　　　）にあります。

❷ 箱を開けたら、（　　　　　　　　）に猫が 2 匹いました。

❸ 台湾は日本の （　　　　　　　　）にあります。

❹ 出口の （　　　　　　　　）に、車を止めないでください。

29 日常生活 ⑴⑺
にちじょうせいかつ
日常生活 ⑴⑺

◆ 位置、距離、重量等　位置、距離、重量等
いち　きょり　じゅうりょうなど

となり 隣	图 鄰居，鄰家；隔壁，旁邊；鄰近，附近
そば　そば 側・傍	图 旁邊，側邊；附近
よこ 横	图 横；寬；側面；旁邊
かど 角	图 角；（道路的）拐角，角落
ちか 近く	图·副 附近，近旁；（時間上）近期，即將
へん 辺	图 附近，一帶；程度，大致
さき 先	图 先，早；頂端，尖端；前頭，最前端
つぎ 次	图 下次，下回，接下來；第二，其次
キロ 【（法）kilo gramme 之略】	图 千克，公斤
グラム【（法）gramme】	图 公克
キロ 【（法）kilo mètre 之略】	图 一千公尺，一公里
メートル【（法）mètre】	图 公尺，米
はんぶん 半分	图 半，一半，二分之一
いく 幾ら	图 多少（錢，價格，數量等）

活用句庫

例 海の 近く の家に住みたいです。　　　　我想要住在靠海的房子。

例 次 の質問に答えてください。　　　　　　請回答下面的問題。

例 大阪から東京まで500 キロ あります。　　大阪距離東京 500 公里。

例 3000 メートル 泳ぐことができました。　成功游完了 3000 公尺。

例 このパンは一つ いくら ですか。　　　　這個麵包一個多少錢呢？

練習

I [a～e]の中から適当な言葉を選んで、（　　）に入れなさい。

a. 中	b. 隣	c. 角	d. 前	e. 先

❶ 次の（　　　　　　　）を右に曲がってください。

❷ 目が悪いので、（　　　　　　　）の席に座ります。

❸ この（　　　　　　　）の交差点で止まってください。

❹ （　　　　　　　）の人と一緒に教科書を見ます。

II [a～e]の中から適当な言葉を選んで、（　　）に入れなさい。

a. 半分	b. 幾ら	c. グラム	d. キロ	e. 辺

❶ この（　　　　　　　）に郵便局はありませんか。

❷ 山で 10 （　　　　　　　）の道を歩きました。

❸ バターを 100 （　　　　　　）、砂糖を 200 （　　　　　　　）入れます。

❹ お腹がいっぱいだったので、お弁当を（　　　　　　　）しか食べませんでした。

30 状態を表す形容詞 (1)
じょうたい あらわ けいようし

表示狀態的形容詞 (1)

◆ 相対的なことば (1)　意思相對的詞 (1)
そうたいてき

熱い あつ	形（溫度）熱的，燙的
冷たい つめ	形 冷，涼；冷淡，不熱情
新しい あたら	形 新的；新鮮的；時髦的
古い ふる	形 以往；老舊，年久，老式
厚い あつ	形 厚；（感情，友情）深厚，優厚
薄い うす	形 薄；淡，淺；待人冷淡；稀少
甘い あま	形 甜的；甜蜜的
辛い・鹹い から　　から	形 辣，辛辣；鹹的；嚴格
良い・良い い　　よ	形 好，佳，良好；可以
悪い わる	形 不好，壞的；不對，錯誤
暇 ひま	名・形動 時間，功夫；空閒時間，暇餘
忙しい いそが	形 忙，忙碌
好き す	名・形動 喜好，愛好；愛，產生感情
嫌い きら	形動 嫌惡，厭惡，不喜歡
美味しい お　い	形 美味的，可口的，好吃的

不味<ruby>味<rt>ず</rt></ruby>い <small>まず</small>	形 不好吃，難吃
多<ruby>い</ruby> <small>おお</small>	形 多，多的
少<ruby>ない</ruby> <small>すく</small>	形 少，不多
大<ruby>きい</ruby> <small>おお</small>	形 （數量，體積，身高等）大，巨大；（程度，範圍等）大，廣大
小<ruby>さい</ruby> <small>ちい</small>	形 小的；微少，輕微；幼小的

練 習

Ⅰ [a〜e]の中から適当な言葉を選んで、（　　）に入れなさい。（必要なら形を変えなさい）

a. まずい	b. 冷<ruby>た<rt>つめ</rt></ruby>たい	c. 薄<ruby>い<rt>うす</rt></ruby>い	d. 新<ruby>し<rt>あたら</rt></ruby>しい	e. 厚<ruby>い<rt>あつ</rt></ruby>い

❶ 少<ruby>し<rt>すこ</rt></ruby>し涼<ruby>し<rt>すず</rt></ruby>しいので、（　　　　　　　）上着<ruby>を<rt>うわ ぎ</rt></ruby>を着<ruby>き</ruby>ました。

❷ デパートで（　　　　　　　）カメラを買<ruby>か</ruby>いました。

❸ この店<ruby>の<rt>みせ</rt></ruby>の料理<ruby>は<rt>りょう り</rt></ruby>はおいしいです。しかし、あの店<ruby>の<rt>みせ</rt></ruby>の料理<ruby>は<rt>りょう り</rt></ruby>は（　　　　　　　）です。

❹ 暑<ruby>い<rt>あつ</rt></ruby>い日<ruby>は<rt>ひ</rt></ruby>は（　　　　　　　）コーヒーが飲<ruby>み<rt>の</rt></ruby>みたいです。

Ⅱ [a〜e]の中から適当な言葉を選んで、（　　）に入れなさい。

a. 古<ruby>い<rt>ふる</rt></ruby>い	b. 暇<ruby><rt>ひま</rt></ruby>	c. 悪<ruby>い<rt>わる</rt></ruby>い	d. 多<ruby>い<rt>おお</rt></ruby>い	e. 好<ruby>き<rt>す</rt></ruby>き

❶ パンよりご飯<ruby>が<rt>はん</rt></ruby>が（　　　　　　　）です。

❷ 今夜<ruby>（<rt>こん や</rt></ruby>（　　　　　　　）なら、ご飯<ruby>を<rt>はん</rt></ruby>を食<ruby>べ<rt>た</rt></ruby>べに行<ruby>き<rt>い</rt></ruby>きませんか。

❸ その（　　　　　　　）時計<ruby>は<rt>と けい</rt></ruby>は祖父<ruby>の<rt>そ ふ</rt></ruby>のです。

❹ 東京<ruby>は<rt>とうきょう</rt></ruby>は人<ruby>が<rt>ひと</rt></ruby>が（　　　　　　　）です。

73

31 状態を表す形容詞 (2)

じょうたい あらわ けいようし

表示狀態的形容詞 (2)

◆ 相対的なことば (2) そうたいてき　意思相對的詞 (2)

上手 じょうず	名·形動（某種技術等）擅長，高明，厲害
下手 へた	名·形動（技術等）不高明，不擅長，笨拙
重い おも	形（份量）重，沉重
軽い かる	形 輕的，輕快的；（程度）輕微的；輕鬆的
面白い おもしろ	形 好玩；有趣，新奇；可笑的
つまらない	形 無趣，沒意思；無意義
広い ひろ	形（面積，空間）廣大，寬廣；（幅度）寬闊；（範圍）廣泛
狭い せま	形 狹窄，狹小，狹隘
高い たか	形（價錢）貴；（程度，數量，身材等）高，高的
低い ひく	形 低，矮；卑微，低賤
近い ちか	形（距離，時間）近，接近，靠近
遠い とお	形（距離）遠；（關係）遠，疏遠；（時間間隔）久遠
強い つよ	形 強悍，有力；強壯，結實；擅長的
弱い よわ	形 弱的；不擅長
汚い きたな	形 骯髒；（看上去）雜亂無章，亂七八糟

綺麗 き れい	形動 漂亮，好看；整潔，乾淨
静か しず	形動 靜止；平靜，沈穩；慢慢，輕輕
賑やか にぎ	形動 熱鬧，繁華；有說有笑，鬧哄哄

活用句庫

例 日本語の勉強はとても 面白い です。
にほんご　べんきょう　　　　　おもしろ

學習日文相當有趣。

例 桜子さんの家の庭はとても 広い です。
さくらこ　　　いえ　にわ　　　　ひろ

櫻子小姐家的庭院很寬廣。

例 駅の 近く で宝くじを 6枚買いました。
えき　ちか　　たから　　ろくまい か

我在車站附近買了六張彩券。

例 兄は背が 高い です。
あに　せ　たか

哥哥身高相當高。

練習

Ⅰ [a～e]の中から適当な言葉を選んで、（　　　）に入れなさい。

| a. 軽い
かる | b. 少ない
すく | c. 上手
じょうず | d. 遠い
とお | e. 熱い
あつ |

❶ 丈夫で（　　　　　　　　　）靴が欲しいです。
じょうぶ　　　　　　　　　　　くつ　ほ

❷ 松本さんのお父さんは料理が（　　　　　　　　　）です。
まつもと　　　　とう　　　　りょうり

❸ 私の家は駅から（　　　　　　　　　）です。
わたし　いえ　えき

❹ （　　　　　　　　　）コーヒーが飲みたいです。
の

Ⅱ [a～e]の中から適当な言葉を選んで、（　　　）に入れなさい。

| a. 賑やか
にぎ | b. つまらない | c. 静か
しず | d. 汚い
きたな | e. 広い
ひろ |

❶ うるさいですよ。（　　　　　　　　　）にしてください。

❷ 手が（　　　　　　　　　）ですよ。洗ってください。
て　　　　　　　　　　　　　　　　あら

❸ この文章は（　　　　　　　　　）です。面白くないです。
ぶんしょう　　　　　　　　　　　おもしろ

❹ 昨日のパーティーは人が大勢来て、とても（　　　　　　　　　）でした。
きのう　　　　　　　　ひと　おおぜい き

32 状態を表す形容詞 (3)

じょうたい あらわ けいようし

表示狀態的形容詞 (3)

◆ 相対的なことば (3)　意思相對的詞 (3)
そうたいてき

長い なが	形（時間、距離）長，長久，長遠
短い みじか	形（時間）短少；（距離，長度等）短，近
太い ふと	形 粗，肥胖
細い ほそ	形 細，細小；狹窄
難しい むずか	形 難，困難，難辦；麻煩，複雜
易しい やさ	形 簡單，容易，易懂
明るい あか	形 明亮；光明，明朗；鮮豔
暗い くら	形（光線）暗，黑暗；（顏色）發暗，發黑
速い はや	形（速度等）快速
遅い おそ	形（速度上）慢，緩慢；（時間上）遲的，晚到的；趕不上

◆ その他の形容詞　其他形容詞
ほか　けいようし

暖かい あたた	形 溫暖的；溫和的
危ない あぶ	形 危險，不安全；令人擔心；（形勢，病情等）危急
痛い いた	形 疼痛；（因為遭受打擊而）痛苦，難過
可愛い かわい	形 可愛，討人喜愛；小巧玲瓏

<ruby>楽<rt>たの</rt></ruby>しい	㊙	快樂，愉快，高興
<ruby>無<rt>な</rt></ruby>い	㊙	沒，沒有；無，不在
<ruby>早<rt>はや</rt></ruby>い	㊙	（時間等）快，早；（動作等）迅速
<ruby>丸<rt>まる</rt></ruby>い・<ruby>円<rt>まる</rt></ruby>い	㊙	圓形，球形
<ruby>安<rt>やす</rt></ruby>い	㊙	便宜，（價錢）低廉
<ruby>若<rt>わか</rt></ruby>い	㊙	年輕；年紀小；有朝氣

32 表示狀態的形容詞⑶

練習

Ⅰ [a〜e]の中から適当な言葉を選んで、（　　　）に入れなさい。（必要なら形を変えなさい）

a. <ruby>遅<rt>おそ</rt></ruby>い	b. <ruby>明<rt>あか</rt></ruby>るい	c. <ruby>暖<rt>あたた</rt></ruby>かい	d. <ruby>若<rt>わか</rt></ruby>い	e. <ruby>長<rt>なが</rt></ruby>い

❶ <ruby>父<rt>ちち</rt></ruby>はいつも<ruby>夜<rt>よる</rt></ruby>（　　　　　　　　）<ruby>帰<rt>かえ</rt></ruby>って<ruby>来<rt>き</rt></ruby>ます。

❷ <ruby>夜<rt>よる</rt></ruby>は（　　　　　　　　）<ruby>道<rt>みち</rt></ruby>を<ruby>通<rt>とお</rt></ruby>りましょう。

❸ <ruby>町<rt>まち</rt></ruby>の<ruby>東<rt>ひがし</rt></ruby>に（　　　　　　　　）<ruby>川<rt>かわ</rt></ruby>があります。

❹ <ruby>寒<rt>さむ</rt></ruby>いので（　　　　　　　　）セーターを<ruby>買<rt>か</rt></ruby>いました。

Ⅱ [a〜e]の中から適当な言葉を選んで、（　　）に入れなさい。（必要なら形を変えなさい）

a. <ruby>太<rt>ふと</rt></ruby>い	b. <ruby>危<rt>あぶ</rt></ruby>ない	c. <ruby>安<rt>やす</rt></ruby>い	d. やさしい	e. <ruby>痛<rt>いた</rt></ruby>い

❶ このデパートは（　　　　　　　　）<ruby>物<rt>もの</rt></ruby>がいっぱい<ruby>売<rt>う</rt></ruby>っている。

❷ <ruby>今日<rt>きょう</rt></ruby>の<ruby>日本語<rt>にほんご</rt></ruby>のテストは（　　　　　　　）です。

❸ <ruby>夜<rt>よる</rt></ruby>の<ruby>公園<rt>こうえん</rt></ruby>は（　　　　　　　）です。

❹ かぜをひきました。<ruby>頭<rt>あたま</rt></ruby>が（　　　　　　　）です。

33 状態を表す形容詞 (4)
表示狀態的形容詞 (4)

◆ その他の形容動詞　其他形容動詞

ほんとう **本当**	名・形動 真正

げんき **元気**	名・形動 精神，朝氣；健康

いろいろ **色々**	名・形動・副 各種各樣，各式各樣，形形色色

おな **同じ**	名・連體・副 相同的，一樣的，同等的；同一個

けっこう **結構**	形動・副 很好，出色；可以，足夠；(表示否定)不要；相當

たいへん **大変**	副・形動 很，非常，太；不得了

いや **嫌**	形動 討厭，不喜歡，不願意；厭煩

じょうぶ **丈夫**	形動 (身體)健壯，健康；堅固，結實

だいじょうぶ **大丈夫**	形動 牢固，可靠；放心，沒問題，沒關係

だいすき **大好き**	形動 非常喜歡，最喜愛

たいせつ **大切**	形動 重要，要緊；心愛，珍惜

べんり **便利**	形動 方便，便利

ゆうめい **有名**	形動 有名，聞名，著名

りっぱ **立派**	形動 了不起，出色，優秀；漂亮，美觀

活用句庫

例 皆さんの暖かい言葉、本当 にありがとうございました。
各位溫暖的話語，我真的由衷感謝。

例 勉強も 大切 ですが、運動も 大切 です。
讀書雖然重要，但運動也很重要。

例 悟くんも、立派な 中学生になったね。
小悟已經成為一個優秀的中學生了呢。

例 この店のケーキは 有名 です。
這家店的蛋糕遠近馳名。

練 習

Ⅰ [a～e]の中から適当な言葉を選んで、(　　)に入れなさい。(必要なら形を変えなさい)

a. 結構	b. 本当	c. いろいろ	d. 大丈夫	e. 大切

❶ 赤や黒や緑など (　　　　　　　　) 色の紙があります。

❷ 家庭と仕事とどちらが (　　　　　　) ですか。

❸ 昨日のパーティーは (　　　　　　　) に楽しかったです。

❹ 「痛いですか。」「いいえ、(　　　　　　) です。」

Ⅱ [a～e]の中から適当な言葉を選んで、(　　)に入れなさい。

a. 同じ	b. 下手	c. 便利	d. 大変	e. 嫌

❶ 高橋さんは (　　　　　　　) シャツを3枚持っています。

❷ 昨日は掃除をしたり、洗濯をしたりで、(　　　　　　　) でした。

❸ 夜の道を一人で歩くのは (　　　　　　) です。

❹ 新しい家は駅から近いので、(　　　　　　) です。

34 動作を表す動詞 (1)

どうさ あらわ どうし

表示動作的動詞 (1)

◆ 相対的なことば (1)　意思相對的詞 (1)
そうたいてき

飛ぶ と	自五 飛，飛行，飛翔
歩く ある	自五 走路，步行
入れる い	他下一 放入，裝進；送進，收容；計算進去
出す だ	他五 拿出，取出；提出；寄出
行く・行く い　　ゆ	自五 去，往；離去；經過，走過
来る く	自力 (空間，時間上的)來；到來
売る う	他五 賣，販賣；出賣
買う か	他五 購買
押す お	他五 推，擠；壓，按；蓋章
引く ひ	他五 拉，拖；翻查；感染(傷風感冒)
下りる・降りる お　　　お	自上一 「下りる」(從高處)下來，降落；(霜雪等)落下；「降りる」(從車，船等)下來
乗る の	自五 騎乘，坐；登上
貸す か	他五 借出，借給；出租；提供幫助(智慧與力量)
借りる か	他上一 借進(錢、東西等)；借助
座る すわ	自五 坐，跪坐
立つ た	自五 站立；冒，升；出發

活用句庫

⑨ 歩き ながら 歌います。　　　　　　　邊走邊唱歌。

⑨ 安いから、冷蔵庫を 買いました 。　　因為價格很便宜，所以我買了台冰箱。

⑨ 図書館で本を 借ります 。　　　　　在圖書館借書。

⑨ その男の人は昨日ここに 来ました 。　那位男人昨天來過這裡。

⑨ ここにお金を 入れて ください。　　請把錢投進這裡。

練習

Ⅰ [a～e]の中から適当な言葉を選んで、（　　　）に入れなさい。（必要なら形を変えなさい）

| a. 立つ | b. 行く | c. 引く | d. 売る | e. 歩く |

❶ 今晩映画を見に（　　　　　　　　）ませんか。

❷ おいしいパンを（　　　　　　　　）いる店を教えてください。

❸ 私の家の西側に大きな木が（　　　　　　）います。

❹ わからない言葉は字引を（　　　　　　）ください。

Ⅱ [a～e]の中から適当な言葉を選んで、（　　　）に入れなさい。（必要なら形を変えなさい）

| a. 押す | b. 飛ぶ | c. 出す | d. 貸す | e. 入れる |

❶ 鳥が空を（　　　　　　　）います。

❷ 庭の花を切って、玄関の花瓶に（　　　　　　　）みました。

❸ ポケットから財布を（　　　　　　）、お金を払いました。

❹ 電話をするときは、このボタンを（　　　　　　）ください。

35 動作を表す動詞 (2)
どうさ　あらわ　どうし

表示動作的動詞 (2)

◆ 相対的なことば (2)　意思相對的詞 (2)
そうたいてき

た 食べる	他下一 吃
の 飲む	他五 喝，吞，嚥，吃（藥）
かえ 帰る	自五 回來，回家；歸去；歸還
で か 出掛ける	自下一 出去，出門，到…去；要出去
で 出る	自下一 出來，出去；離開
はい 入る	自五 進，進入；裝入，放入
お 起きる	自上一 （倒著的東西）起來，立起來，坐起來；起床
ね 寝る	自下一 睡覺，就寢；躺下，臥
ぬ 脱ぐ	他五 脫去，脫掉，摘掉
き 着る	他上一 （穿）衣服
やす 休む	他五・自五 休息，歇息；停歇；睡，就寢；請假，缺勤
はたら 働く	自五 工作，勞動，做工
う 生まれる	自下一 出生；出現
し 死ぬ	自五 死亡
おぼ 覚える	他下一 記住，記得；學會，掌握
わす 忘れる	他下一 忘記，忘掉；忘懷，忘卻；遺忘

練習

I [a～e]の中から適当な言葉を選んで、( ) に入れなさい。（必要なら形を変えなさい）

| a. 出かける b. 食べる c. 起きる d. 来る e. 脱ぐ |

❶ 朝 ( )、シャワーを浴びて、学校へ行きます。

❷ ( ) ときは、部屋の電気を消してください。

❸ 昨日レストランでハンバーグを ( )。

❹ ここで服を ( ) ください。

II [a～e]の中から適当な言葉を選んで、( ) に入れなさい。（必要なら形を変えなさい）

| a. 飲む b. 寝る c. 着る d. 生まれる e. 入る |

❶ 昨日うちへ帰って、風呂に入って、それから ( )。

❷ 田中さんは黒の背広を ( ) います。

❸ 箱の中にクッキーが 100 枚 ( ) います。

❹ 毎朝コーヒーを ( ) から出かけます。

III [a～e]の中から適当な言葉を選んで、( ) に入れなさい。（必要なら形を変えなさい）

| a. 死ぬ b. 出る c. 忘れる d. 帰る e. 下りる |

❶ 田中さんはいつ旅行から ( ) 来ましたか。

❷ 私達のことを ( ) でください。また会いましょう。

❸ 去年、犬のクロが病気で ( )。

❹ 王さんは去年大学を ( )。

36 動作を表す動詞 (3)
どうさ　あらわ　どうし

表示動作的動詞 (3)

◆ 相対的なことば (3)　意思相對的詞 (3)
そうたいてき

教える おし	他下一 教授；指導；教訓；告訴
習う なら	他五 學習；練習
読む よ	他五 閱讀，看；唸，朗讀
書く か	他五 寫，書寫；作 (畫)；寫作 (文章等)
描く か	他五 畫，繪製；描寫，描繪
分かる わ	自五 知道，明白；懂得，理解
困る こま	自五 感到傷腦筋，困擾；難受，苦惱；沒有辦法
聞く き	他五 聽，聽到；聽從，答應；詢問
話す はな	他五 說，講；談話；告訴 (別人)

◆ する動詞　する動詞
どうし

する	自・他サ 做，進行
洗濯 せんたく	名・他サ 洗衣服，清洗，洗滌
掃除 そうじ	名・他サ 打掃，清掃，掃除
旅行 りょこう	名・自サ 旅行，旅遊，遊歷
散歩 さんぽ	名・自サ 散步，隨便走走

べんきょう 勉強	名・自他サ	努力學習，唸書
れんしゅう 練習	名・他サ	練習，反覆學習
しつもん 質問	名・自サ	提問，詢問
けっこん 結婚	名・自サ	結婚

練 習

Ⅰ [a～e]の中から適当な言葉を選んで、(　　)に入れなさい。(必要なら形を変えなさい)

a. 教える	b. 読む	c. 習う	d. 書く	e. 聞く

❶ 私は毎朝新聞を(　　　　　　　　)ながら、お茶を飲みます。

❷ 田中先生は学校で国語を(　　　　　　　)います。

❸ ここに名前を(　　　　　　)ください。

❹ 夫の仕事の話を(　　　　　　　　)疲れました。

Ⅱ [a～e]の中から適当な言葉を選んで、(　　)に入れなさい。(必要なら形を変えなさい)

a. 掃除する	b. 洗濯する	c. 勉強する	d. 結婚する	e. 旅行する

❶ 生徒が庭を(　　　　　　)います。

❷ 毎日日本語を(　　　　　　)います。

❸ 世界中いろいろなところに(　　　　　　　)たいです。

❹ 背の高い人と(　　　　　　)たいです。

37 動作を表す動詞 (4)

どう さ あらわ どう し

表示動作的動詞 (4)

◆ 自動詞、他動詞　自動詞、他動詞
じ どう し　た どう し

あ 開く	自五 開，打開；開始，開業
開ける	他下一 打開，開（著）；開業
か 掛かる	自五 懸掛，掛上；覆蓋；花費
か 掛ける	他下一 掛在（牆壁）；戴上（眼鏡）；捆上，打（電話）
き 消える	自下一 （燈，火等）熄滅；（雪等）融化；消失，看不見
け 消す	他五 熄掉，撲滅；關掉，弄滅；消失，抹去
し 閉まる	自五 關閉；關門，停止營業
し 閉める	他下一 關閉，合上；繫緊，束緊
なら 並ぶ	自五 並排，並列，列隊
なら 並べる	他下一 排列；並排；陳列；擺，擺放
はじ 始まる	自五 開始，開頭；發生
はじ 始める	他下一 開始，創始

活用句庫

例 本屋さんは9時に 開いて 、夜8時に 閉まります 。

書店早上9點開門，晚上8點關門。

例 この門は夜10時に 閉まります 。

這道門將於晚上10點關閉。

例 日本語の勉強を一から 始めました 。

我是從最基礎的50音開始學習日文的。

例 部屋を出るときは、ドアに鍵を かけます 。

離開房間時要將門上鎖。

例 美味しい料理がたくさん 並べて あります 。

排列著無數的美味料理。

練習

Ⅰ [a〜e]の中から適当な言葉を選んで、(　　)に入れなさい。(必要なら形を変えなさい)

a. 消える	b. 開く	c. 消す	d. 閉まる	e. 開ける

❶ ドアを引いて (　　　　　　　) ください。

❷ この銀行は夜8時まで (　　　　　　　) います。

❸ 出かける前に電気を (　　　　　　　) ください。

❹ マッチの火が (　　　　　　　) しまいました。

Ⅱ [a〜e]の中から適当な言葉を選んで、(　　)に入れなさい。(必要なら形を変えなさい)

a. 掛かる	b. 並べる	c. 掛ける	d. 並ぶ	e. 始まる

❶ 先週の仕事はどれぐらい時間が (　　　　　　　) か。

❷ テーブルの上にお皿を (　　　　　　　) ください。

❸ 映画は3時から (　　　　　　　)、4時半に終わります。

❹ 切符を買う人はそこに (　　　　　　　) ください。

38 動作を表す動詞 (5)
表示動作的動詞 (5)

◆ その他の動詞 (1)　其他動詞 (1)

| 会う | 自五 見面，會面；偶遇，碰見 |

| 上げる | 他下一 舉起；抬起 |

| 遊ぶ | 自五 遊玩；閒著；旅行；沒工作 |

| 浴びる | 他上一 淋，浴，澆；照，曬 |

| 洗う | 他五 沖洗，清洗；洗滌 |

| 在る | 自五 在，存在 |

| 有る | 自五 有，持有，具有 |

| 言う | 自·他五 說，講；說話，講話 |

| 居る | 自上一 (人或動物的存在)有，在；居住在 |

| 要る | 自五 要，需要，必要 |

| 歌う | 他五 唱歌；歌頌 |

| 置く | 他五 放，放置；放下，留下，丟下 |

| 泳ぐ | 自五 (人、魚等在水中)游泳；穿過，擠過 |

| 終わる | 自五 完畢，結束，終了 |

| 返す | 他五 還，歸還，退還；送回(原處) |

被る <small>かぶ</small>	他五 戴（帽子等）；（從頭上）蒙，蓋（被子）；（從頭上）套，穿
切る <small>き</small>	他五 切，剪，裁剪；切傷
下さい <small>くだ</small>	補助（表請求對方做）請給（我）；請…
答える <small>こた</small>	自下一 回答，答覆；解答
咲く <small>さ</small>	自五 開（花）

練 習

I [a～e]の中から適当な言葉を選んで、（　　）に入れなさい。（必要なら形を変えなさい）

a. ある	b. 置く <small>お</small>	c. 上げる <small>あ</small>	d. 会う <small>あ</small>	e. いる

❶ もしもし、今<small>いま</small>どこに（　　　　　　　　）か？

❷ 来年<small>らいねん</small>も、あなたに（　　　　　　　　）に行<small>い</small>きます。

❸ その椅子<small>いす</small>をそっちに（　　　　　　　）ください。

❹ 顔<small>かお</small>を（　　　　　　　）前<small>まえ</small>を歩<small>ある</small>きましょう。

II [a～e]の中から適当な言葉を選んで、（　　）に入れなさい。（必要なら形を変えなさい）

a. 洗う <small>あら</small>	b. 泳ぐ <small>およ</small>	c. 言う <small>い</small>	d. 被る <small>かぶ</small>	e. 咲く <small>さ</small>

❶ あの帽子<small>ぼうし</small>を（　　　　　　　）いる女<small>おんな</small>の子<small>こ</small>は楊<small>よう</small>さんです。

❷ 今日<small>きょう</small>はいい天気<small>てんき</small>です。プールに（　　　　　　　）に行<small>い</small>きましょう。

❸ 「さようなら」と（　　　　　　　）電話<small>でんわ</small>を切<small>き</small>りました。

❹ トイレのあとは、手<small>て</small>を（　　　　　　　）ましょう。

39 動作を表す動詞 (6)

どう さ あらわ どう し

表示動作的動詞 (6)

◆ その他の動詞 (2)　其他動詞 (2)

ほか　どう し

差す（さ）	他五 撐（傘等）；插
締める（し）	他下一 勒緊；繫著；關閉
知る（し）	他五 知道，得知；理解；認識；學會
吸う（す）	他五 吸，抽；啜；吸收
住む（す）	自五 住，居住；（動物）棲息，生存
頼む（たの）	他五 請求，要求；委託，託付；依靠
違う（ちが）	自五 不同，差異；錯誤；違反，不符
使う（つか）	他五 使用；雇傭；花費
疲れる（つか）	自下一 疲倦，疲勞
着く（つ）	自五 到，到達，抵達；寄到
作る（つく）	他五 做，造；創造；寫，創作
点ける（つ）	他下一 點（火），點燃；扭開（開關），打開
勤める（つと）	他下一 工作，任職；擔任（某職務）
出来る（でき）	自上一 能，可以，辦得到；做好，做完
止まる（と）	自五 停，停止，停靠；停頓；中斷

取る <ruby>取<rt>と</rt></ruby>る	他五	拿取，執，握；採取，摘；（用手）操控
撮る <ruby>撮<rt>と</rt></ruby>る	他五	拍照，拍攝
無くす <ruby>無<rt>な</rt></ruby>くす	他五	丟失；消除
為る <ruby>為<rt>な</rt></ruby>る	自五	成為，變成；當（上）

【練習】

I [a～e]の中から適当な言葉を選んで、（　　　）に入れなさい。（必要なら形を変えなさい）

a. 差す	b. 住む	c. 撮る	d. 締める	e. 勤める

❶ あの<ruby>青<rt>あお</rt></ruby>いネクタイを（　　　　　　）いる<ruby>人<rt>ひと</rt></ruby>が<ruby>田中<rt>た なか</rt></ruby>さんです。

❷ <ruby>私<rt>わたし</rt></ruby>は<ruby>大阪<rt>おおさか</rt></ruby>に（　　　　　　）います。

❸ <ruby>王<rt>おう</rt></ruby>さんは<ruby>銀行<rt>ぎんこう</rt></ruby>に（　　　　　　）います。

❹ <ruby>友達<rt>ともだち</rt></ruby>に<ruby>海外<rt>かいがい</rt></ruby>で（　　　　　　）<ruby>写真<rt>しゃしん</rt></ruby>を<ruby>見<rt>み</rt></ruby>せました。

II [a～e]の中から適当な言葉を選んで、（　　　）に入れなさい。（必要なら形を変えなさい）

a. 使う	b. 取る	c. 点ける	d. 違う	e. 頼む

❶ <ruby>牛乳<rt>ぎゅうにゅう</rt></ruby>を<ruby>飲<rt>の</rt></ruby>みますから、コップを（　　　　　　）ください。

❷ <ruby>塩<rt>しお</rt></ruby>と<ruby>醤油<rt>しょうゆ</rt></ruby>を（　　　　　　）<ruby>料理<rt>りょう り</rt></ruby>を<ruby>作<rt>つく</rt></ruby>ります。

❸ <ruby>買<rt>か</rt></ruby>い<ruby>物<rt>もの</rt></ruby>を（　　　　　　）もいいですか。

❹ <ruby>暗<rt>くら</rt></ruby>いですから、<ruby>電気<rt>でん き</rt></ruby>を（　　　　　　）ください。

動作を表す動詞 (7)

表示動作的動詞 (7)

◆ その他の動詞 (3)　其他動詞 (3)

鳴く	自五 （鳥，獸，蟲等）叫，鳴
登る	自五 登，上；攀登（山）
履く・穿く	他五 穿（鞋，襪；褲子等）
走る	自五 （人，動物）跑步，奔跑；（車，船等）行駛
貼る・張る	他五 貼上，糊上，黏上
弾く	他五 彈，彈奏，彈撥
吹く	自五 颳，吹（風）；（緊縮嘴唇）吹氣
降る	自五 落，下，降（雨，雪，霜等）
晴れる	自下一 （天氣）晴，（雨，雪）停止，放晴
曲がる	自五 彎曲；拐彎
待つ	他五 等候，等待；期待，指望
磨く	他五 刷洗，擦亮；研磨，琢磨
見る	他上一 看，觀看，察看；照料；參觀
見せる	他下一 讓…看，給…看
申す	他五 叫做，稱；說，告訴

持^もつ	他五 拿，帶，持，攜帶
やる	他五 做，進行；派遣；給予
呼^よぶ	他五 呼叫，招呼；邀請；叫來；叫做，稱為
渡^{わた}る	自五 渡，過（河）；（從海外）渡來
渡^{わた}す	他五 交給，交付

練 習

Ⅰ [a～e]の中から適当な言葉を選んで、（　　）に入れなさい。（必要なら形を変えなさい）

a. 弾^ひく　　b. 吹^ふく　　c. 走^{はし}る　　d. 呼^よぶ　　e. 鳴^なく

❶ 後^{うし}ろから白^{しろ}い車^{くるま}が（　　　　　　）来^きます。

❷ ピアノは毎日^{まいにち}（　　　　　　）います。

❸ 山^{やま}では、たくさんの鳥^{とり}が（　　　　　　）いました。

❹ 今日^{きょう}は１日中^{いちにちじゅう}強^{つよ}い風^{かぜ}が（　　　　　　）いました。

Ⅱ [a～e]の中から適当な言葉を選んで、（　　）に入れなさい。（必要なら形を変えなさい）

a. 見^みせる　　b. 渡^{わた}る　　c. 渡^{わた}す　　d. 履^はく　　e. 待^まつ

❶ その写真^{しゃしん}を少^{すこ}し（　　　　　　）ください。

❷ すぐ終^おわるので、ちょっと（　　　　　　）くださいね。

❸ 鍵^{かぎ}は鈴木^{すずき}さんか木村^{きむら}さんに（　　　　　　）ください。

❹ まずこの赤^{あか}い橋^{はし}を（　　　　　　）。すると、すぐお寺^{てら}があります。

41 付録 (1) 附録(1)
ふ ろく

◆ 時間、時 (1) 時間、時候(1)
じ かん　とき

一昨日 おと と い	名 前天
昨日 き の う	名 昨天；近來，最近；過去
今日 きょう	名 今天
明日 あ し た	名 明天
明後日 あ さ って	名 後天
毎日 まいにち	名 每天，每日，天天
今 いま	名 現在，此刻 副（表最近的將來）馬上；剛才
朝 あさ	名 早上，早晨；早上，午前
今朝 け さ	名 今天早上
毎朝 まいあさ	名 每天早上
昼 ひる	名 中午；白天，白晝；午飯
午前 ご ぜん	名 上午，午前
午後 ご ご	名 下午，午後，後半天
夕方 ゆうがた	名 傍晚
晩 ばん	名 晚，晚上

夜 _{よる}	名 晚上，夜裡
夕べ _{ゆう}	名 昨天晚上，昨夜；傍晚

活用句庫

例 明日 の天気は、曇りでしょう。
_{あした} _{てんき} _{くも}

明日的天氣應是陰天。

例 今日 は 朝 は寒かったですが、午後 から暖かくなりました。
_{きょう} _{あさ} _{さむ} _{ごご} _{あたた}

雖然今天早上很冷，但下午就回暖了。

例 昨日 、プールで泳ぎました。
_{きのう} _{およ}

昨天在游泳池游了泳。

例 毎朝 お弁当を持って学校へ行きます。
_{まいあさ} _{べんとう} _も _{がっこう} _い

每天早上都帶著便當去學校。

練習

I [a～e]の中から適当な言葉を選んで、（　　）に入れなさい。

a. 今日 _{きょう}　b. あさって　c. いつも　d. 毎日 _{まいにち}　e. おととい

❶ （　　　　　　　　）は旅行へ行くから、明日は準備をします。
_{りょこう} _い _{あした} _{じゅんび}

❷ （　　　　　　　　）は風が強くて寒いです。
_{かぜ} _{つよ} _{さむ}

❸ （　　　　　　　　）京都へ行きました。
_{きょうと} _い

❹ （　　　　　　　　）ジョギングをするのは、体にいいです。
_{からだ}

II [a～e]の中から適当な言葉を選んで、（　　）に入れなさい。

a. 去年 _{きょねん}　b. 昼 _{ひる}　c. 朝 _{あさ}　d. 午前 _{ごぜん}　e. 夕べ _{ゆう}

❶ （　　　　　　　　）中は雨でしたが、午後から晴れました。
_{ちゅう} _{あめ} _{ごご} _は

❷ 勉強のために、（　　　　　　　　）早く起きます。
_{べんきょう} _{はや} _お

❸ （　　　　　　　　）、何時に寝ましたか。
_{なんじ} _ね

❹ 明日の授業は8時から（　　　　　　　　）までです。
_{あした} _{じゅぎょう} _{はちじ}

42 付録 (2) 附錄 (2)

◆ 時間、時 (2) 時間、時候 (2)

毎晩（まいばん）	名 每天晚上
今晩（こんばん）	名 今天晚上，今夜
後（あと）	名（地點）後面；（時間）以後；（順序）之後；（將來的事）以後
初め（はじめ）	名 開始，起頭；起因
時間（じかん）	名 時間，功夫；時刻，鐘點 接尾 …小時，…點鐘
何時（いつ）	代 何時，幾時，什麼時候；平時

◆ 代名詞 (1) 代名詞 (1)

こんな	連體 這樣的，這種的
どんな	連體 什麼樣的
誰（だれ）	代 誰，哪位
誰か（だれか）	代 某人；有人
どなた	代 哪位，誰
何・何（なに・なん）	代 什麼；任何

活用句庫

例 初めに部長が挨拶をして、その後、課長が話します。

首先請經理致詞，之後再請課長發表。

例 今晩は月がきれいですね。

今晩的月色真美呀！

例 どんな料理が好きですか。

你喜歡吃什麼口味的餐食呢？

例 そちらの方はどなたですか。

那一位是誰呢？

例 お名前は何ですか。

請問貴姓？

練習

I [a～e]の中から適当な言葉を選んで、（　　）に入れなさい。

a. いつ	b. 次	c. 毎晩	d. あと	e. 時間

❶ 2時間（　　　　　　　　）にまた来てください。

❷ 花子さんは（　　　　　　　　　　）11時に寝ます。

❸ 忙しいですから、銀行へ行く（　　　　　　　　）がありません。

❹ 日本へは（　　　　　　　）来ましたか。

II [a～e]の中から適当な言葉を選んで、（　　）に入れなさい。

a. 何	b. 誰	c. どんな	d. こんな	e. そう

❶ （　　　　　　　　）ハンカチがいいですか。

❷ あの木の下に立っている人は（　　　　　　　）ですか。

❸ （　　　　　　　）まずい料理は食べたくありません。

❹ 今日の夕飯は（　　　　　　　）にしましょうか。

43 付録(3) 附錄(3)

ふ ろ く

◆ 代名詞(2) 代名詞(2)

だいめい し

これ	⟨代⟩ 這個，此；這人；現在，此時
それ	⟨代⟩ 那，那個；那時，那裡；那樣
あれ	⟨代⟩ 那，那個；那時；那裡
どれ	⟨代⟩ 哪個
ここ	⟨代⟩ 這裡；（表時間）最近，目前
そこ	⟨代⟩ 那兒，那邊
あそこ	⟨代⟩ 那邊，那裡
どこ	⟨代⟩ 何處，哪兒，哪裡
こちら	⟨代⟩ 這邊，這裡，這方面；這位；我，我們（口語為「こっち」）
そちら	⟨代⟩ 那兒，那裡；那位，那個；府上，貴處（口語為「そっち」）
あちら	⟨代⟩ 那兒，那裡；那個；那位
どちら	⟨代⟩（方向，地點，事物，人等）哪裡，哪個，哪位（口語為「どっち」）
この	⟨連體⟩ 這…，這個…
その	⟨連體⟩ 那…，那個…
あの	⟨連體⟩（表第三人稱，離說話雙方都距離遠的）那，那裡，那個

｜どの

練習

Ⅰ [a～e]の中から適当な言葉を選んで、（　　）に入れなさい。

a. どちら　　b. どこ　　c. どなた　　d. ここ　　e. これ

❶ 紅茶とコーヒーと（　　　　　　　　　　）がいいですか。

❷ （　　　　　　　　　　）では煙草を吸わないでください。

❸ （　　　　　　　　　　）は私の大切な写真です。

❹ 健太君の部屋は（　　　　　　　　）を見ても綺麗です。

Ⅱ [a～e]の中から適当な言葉を選んで、（　　）に入れなさい。

a. あの　　b. どれ　　c. あそこ　　d. どの　　e. あのう

❶ （　　　　　　　　　　）があなたの鞄ですか。

❷ （　　　　　　　　　　）テープレコーダーはとても古くて大きいです。

❸ 駅は（　　　　　　　　）の茶色の建物の隣です。

❹ 田中さんは（　　　　　　　　）部屋にいますか。

Ⅲ [a～e]の中から適当な言葉を選んで、（　　）に入れなさい。

a. この　　b. そこ　　c. それ　　d. 何　　e. どなた

❶ ごめんください、（　　　　　　　　　　）かいらっしゃいますか。

❷ （　　　　　　　　　　）は本物のダイヤモンドです。

❸ テレビは（　　　　　　　　）に置いてください。

❹ （　　　　　　　　）レストランの料理はとても辛いです。

44 付録 (4) 附錄 (4)

◆ 年、月　年、月份

先月〔せんげつ〕	⑧ 上個月
今月〔こんげつ〕	⑧ 這個月
来月〔らいげつ〕	⑧ 下個月
毎月・毎月〔まいげつ・まいつき〕	⑧ 每個月
一月〔ひとつき〕	⑧ 一個月
一昨年〔おととし〕	⑧ 前年
去年〔きょねん〕	⑧ 去年
今年〔ことし〕	⑧ 今年
来年〔らいねん〕	⑧ 明年
再来年〔さらいねん〕	⑧ 後年
毎年・毎年〔まいとし・まいねん〕	⑧ 每年
年〔とし〕	⑧ 年；年紀
時〔とき〕	⑧（某個）時候

活用句庫

例 今月、日本へ日本語の勉強をしに行きます。　　我這個月要去日本學日語。

例 田中さんは 来月 北海道に行きます。　　田中小姐下個月要去北海道。

例 鈴木さんは 今年 ２４歳になります。　　鈴木小姐今年 24 歲。

例 去年 の試験は難しかったです。　　去年的那場考試很難。

例 再来年 まで 勉強します。　　努力用功到後年。

例 二十歳の とき、初めて香港へ行きました。　　20 歲時，我第一次去了香港。

練習

Ⅰ[a～e]の中から適当な言葉を選んで、（　　）に入れなさい。

a. 時	b. 来月	c. 先月	d. ひと月	e. 月

❶（　　　　　　　　）、山田さんは結婚しました。

❷（　　　　　　　　）の１日にアメリカへ行きます。

❸ あと（　　　　　　　　）で夏休みです。

❹ パーティーの（　　　　　　　　）、私は山下さんの隣に座りました。

Ⅱ[a～e]の中から適当な言葉を選んで、（　　）に入れなさい。

a. 毎月	b. 年	c. 頃	d. おととし	e. 再来年

❶（　　　　　　　　）の１月に日本へ遊びに行きたいです。

❷（　　　　　　　　）台湾へ旅行しました。

❸ 大学に行っている息子に（　　　　　　　　）６日に２０万円を送っています。

❹ それでは良いお（　　　　　　　　）を。

45 付録 (5)
ふろく
附錄 (5)

◆ 感嘆詞、接続詞　感嘆詞、接續詞
かんたんし　せつぞくし

ああ	感（表驚訝等）啊，唉呀；（表肯定）哦；嗯
あのう	感 那個，請問，喂；啊，嗯（招呼人時，說話躊躇或不能馬上說出下文時）
いいえ	感（用於否定）不是，不對，沒有
ええ	感（用降調表示肯定）是的，嗯；（用升調表示驚訝）哎呀，啊
さあ	感（表示勸誘，催促）來；表躊躇，遲疑的聲音
じゃ・じゃあ	感 那麼（就）
では	接續 那麼，那麼說，要是那樣
それでは	接續 那麼，那就；如果那樣的話
そう	感（回答）是，沒錯
はい	感（回答）有，到；（表示同意）是的
もしもし	感（打電話）喂；喂（叫住對方）
しかし	接續 然而，但是，可是
そうして・そして	接續 然後；而且；於是；又
それから	接續 還有；其次，然後；（催促對方談話時）後來怎樣
でも	接續 可是，但是，不過；話雖如此

活用句庫

例 ここに お金を 入れます。それから このボタンを押します。

銭從這裡投進去，然後按下這個按鈕。

例 もしもし、中山さんは いますか。

喂喂，中山先生在嗎？

例 「あれは英語の辞書ですか。」「 はい 、そう です。」

「那是英文字典嗎？」「是的，沒錯。」

例 「疲れたなあ。」「 じゃあ 、ちょっと休もうか。」

「好累啊。」「那麼，稍微休息一下吧！」

練 習

I [a 〜 e]の中から適当な言葉を選んで、（　　）に入れなさい。

| a. しかし　　b. ええ　　c. いいえ　　d. さあ　　e. ああ |

❶ 皆さん、（　　　　　　　　）、始めましょう。

❷ 「紅茶は いかがですか。」「（　　　　　　　　）、けっこうです。」

❸ 「先に食べるよ。」「（　　　　　　　）、どうぞ。」

❹ （　　　　　　　　）、日本に来て、よかった。

II [a 〜 e]の中から適当な言葉を選んで、（　　）に入れなさい。

| a. そして　　b. そう　　c. でも　　d. あのう　　e. それでは |

❶ まず宿題を します。（　　　　　　　　）、ご飯を食べます。

❷ （　　　　　　　　）、道が わからないんですが、教えてくれませんか。

❸ （　　　　　　　　）、皆さん さようなら。

❹ 昨日は とても楽しかったです。（　　　　　　　　）、疲れました。

46 付録 (6) 附録 (6)
ふ ろ く

◆ 副詞、副助詞 (1)　副詞、副助詞 (1)
ふくし ふくじょし

余り あま	副（後接否定）不太…，不怎麼…；過分，非常
一々 いちいち	副 ——，一個一個；全部；詳細
一番 いちばん	名·副 最初，第一；最好，最優秀
何時も いつ	副 經常，隨時，無論何時
すぐ	副 馬上，立刻；（距離）很近
少し すこ	副 一下子；少量，稍微，一點
全部 ぜんぶ	名 全部，總共
大抵 たいてい	副 大部分，差不多；（下接推量）多半；（接否定）一般
大変 たいへん	副·形動 很，非常，太；不得了
沢山 たくさん	名·形動·副 很多，大量；足夠，不再需要
多分 たぶん	副 大概，或許；恐怕
段々 だんだん	副 漸漸地
丁度 ちょうど	副 剛好，正好；正，整
一寸 ちょっと	副·感 一下子；（下接否定）不太…，不太容易…；一點點
どう	副 怎麼，如何

どうして	㊐為什麼，何故
どうぞ	㊐（表勸誘，請求，委託）請；（表承認，同意）可以，請
どうも	㊐怎麼也；總覺得；實在是，真是；謝謝

活用句庫

㊕ この店のケーキは あまり おいしくない。　　那家店的蛋糕不太好吃。

㊕ 昨日は雨が降った後、少し 暖かくなりました。　　昨天在下了雨以後，氣溫回暖了些。

㊕ これから だんだん 寒くなります。　　往後的日子將會寒意漸濃。

㊕ たぶん 大丈夫でしょう。　　應該沒問題吧。

練 習

I [a～e]の中から適当な言葉を選んで、（　　）に入れなさい。

a. どうも　　b. すぐ　　c. 一番　　d. いちいち　　e. たいてい

❶ 母は毎朝、どこへ行くのか（　　　　　　　　）僕に聞きます。

❷ 金さんの成績はクラスで（　　　　　　　　）です。

❸ 昨日は家へ帰って、（　　　　　　　　）風呂に入りました。

❹ 日曜日は（　　　　　　　　）家族と一緒に買い物に行きます。

II [a～e]の中から適当な言葉を選んで、（　　）に入れなさい。

a. たぶん　　b. ちょうど　　c. たくさん　　d. だんだん　　e. どうして

❶ 授業は5時（　　　　　　　　）に終わりました。

❷ （　　　　　　　　）昨日は早く帰ったんですか。

❸ （　　　　　　　　）桜子さんは来ないでしょう。

❹ 箱の中に古い葉書が（　　　　　　　　）あります。

47 付録 (7) 附錄 (7)

ふろく

◆ 副詞、副助詞 (2)　副詞、副助詞 (2)
ふくし　ふくじょし

何故 なぜ	副 為何，為什麼
初めて はじ	副 最初，初次，第一次
本当に ほんとう	副 真正，真實
時々 ときどき	副 有時，偶爾
とても	副 很，非常；（下接否定）無論如何也…
又 また	副 還，又，再；也，亦；同時
未だ ま	副 還，尚；仍然；才，不過
真っ直ぐ ま　す	副・形動 筆直，不彎曲；一直，直接
もう	副 已經；馬上就要
もう	副 另外，再
もっと	副 更，再，進一步
ゆっくり	副 慢，不著急
よく	副 經常，常常
如何 いかが	副・形動 如何，怎麼樣
位・位 くらい　ぐらい	副助 （數量或程度上的推測）大概，左右，上下

ずつ	副助 （表示均攤）毎…，各…；表示反覆多次
だけ	副助 只有…
ながら	接助 邊…邊…，一面…一面…

活用句庫

例 今度 また 一緒にゴルフをしましょう。

下次再一起去打高爾夫球吧。

例 もっと 広くて明るい部屋が欲しいです。

我想要住在更寬敞明亮的房間。

例 この店のカレーは とても おいしいです。

這家店的咖哩非常好吃。

例 まだ二十歳なのに、もう 結婚しました。

才 20 歳卻已經結婚了。

練習

I [a～e]の中から適当な言葉を選んで、（　　）に入れなさい。

a. くらい　　b. ゆっくり　　c. なぜ　　d. いかが　　e. だけ

❶ （　　　　　　　　）昨日来なかったんですか？

❷ もっと （　　　　　　　　）話してください。

❸ 昨日の授業には山本さん（　　　　　　　　）来ました。

❹ コーヒーは（　　　　　　）ですか。

II [a～e]の中から適当な言葉を選んで、（　　）に入れなさい。

a. ながら　　b. 真っ直ぐ　　c. とても　　d. もう　　e. ずつ

❶ 毎日少し（　　　　　　　　）練習することが大事です。

❷ 地図を見（　　　　　　　　）、知らない道を散歩しました。

❸ この店のバターパンは（　　　　　　　）おいしい。

❹ 子どもが（　　　　　　　）一人ほしいです。

48 付録 (8) 附錄 (8)

◆ 接頭辞、接尾辞、その他 (1)　接頭詞、接尾詞、其他 (1)

御・御 お・おん	(接頭) 您（的）…，貴…；放在字首，表示尊敬語及美化語
時 じ	(名) …時
半 はん	(名・接尾) …半；一半
分・分 ふん・ぷん	(接尾) （時間）…分；（角度）分
日 にち	(名) 號，日，天（計算日數）
中 じゅう	(名・接尾) 整個，全；（表示整個期間或區域）期間
中 ちゅう	(名・接尾) 中央，中間；…期間，正在…當中；在…之中
月 がつ	(接尾) …月
か月 げつ	(接尾) …個月，亦可寫成「ケ月」（非正式公文時使用）、「箇月」（前為漢字數字時使用）、「カ月」（常於新聞、報導中使用）
年 ねん	(名) 年（也用於計算年數）
頃・頃 ころ・ごろ	(名・接尾) （表示時間）左右，時候，時期；正好的時候
過ぎ す	(接尾) 超過…，過了…，過度
側・傍 そば・そば	(名) 旁邊，側邊；附近

活用句庫

例 その お 酒はどこで買いましたか。 　　請問您在哪裡買到那支酒的呢？

例 私は3 か月 日本語を勉強しました。 　　我已經學了3個月的日語。

例 9 月 に日本へ旅行に行きます。 　　9月要去日本旅行。

例 明日の昼 頃 に駅で会いましょう。 　　明天中午左右在車站碰面吧。

例 毎朝6時 半 に起きて、シャワーを浴びます。 　　每天早上6點半起床，然後沖澡。

練 習

Ⅰ [a〜e]の中から適当な言葉を選んで、（　　）に入れなさい。

a. 中	b. 頃	c. 中	d. お	e. 側

❶ 休みの日は1日（　　　　　　　　）、家でゲームをします。

❷ （　　　　　　　　）忙しいときにお邪魔して失礼しました。

❸ 6月の初め（　　　　　　　　）に日本へ行きます。

❹ 田中先生は授業（　　　　　　　　）です。

Ⅱ [a〜e]の中から適当な言葉を選んで、（　　）に入れなさい。

a. 半	b. 日	c. 時	d. 分	e. 時

❶ 1 （　　　　　　　　） 3度ご飯の前にこの薬を飲んでください。

❷ ここから学校まで地下鉄で 15 （　　　　　　　　）です。

❸ 今日の仕事は午後7 （　　　　　　　　）に終わりました。

❹ 東京から大阪まで2時間（　　　　　　　　）かかります。

49 付録 (9) 附錄 (9)
ふ ろ く

◆ 接頭辞、接尾辞、その他 (2) 接頭詞、接尾詞、其他 (2)
せっとうじ せつびじ ほか

達 たち	接尾	（表示人的複數）…們，…等
屋 や	名・接尾	房屋；…店，商店或工作人員
語 ご	名・接尾	語言；…語
がる	接尾	想，覺得；故作，裝作
人 じん	接尾	…人
等 など	副助	（表示概括，列舉）…等
度 ど	名・接尾	…次；…度（溫度，角度等單位）
前 まえ	名	（空間的）前，前面
円 えん	名・接尾	日圓（日本的貨幣單位）；圓（形）
皆 みんな	代	大家，全部，全體
方 ほう	名	方向；方面；（用於並列或比較屬於哪一）部類，類型
外 ほか	名・副助	其他，另外；旁邊，外部；（下接否定）只好，只有

活用句庫

例 この部屋にいる学生 たち は みんな 台湾人です。

在這個房間裡的學生們全都來自台灣。

例 肉屋 に牛肉を買いに行きます。

我要去肉舖買一些牛肉。

例 中村さんは2年 前 に大学を出ました。

中村小姐兩年前從大學畢業了。

例 フランスやドイツ など 、ヨーロッパの国を旅行しました。

我去了法國和德國等等歐洲國家旅行。

練習

Ⅰ [a～e]の中から適当な言葉を選んで、( )に入れなさい。

a. がる	b. 人	c. 語	d. など	e. ずつ

❶ 私のクラスには外国( )が3人います。

❷ 子どもたちみんなに一つ( )飴を渡しました。

❸ 犬や猫( )の小さい動物が好きです。

❹ 下手な日本( )で話しましたが、わかってもらえました。

Ⅱ [a～e]の中から適当な言葉を選んで、( )に入れなさい。

a. 屋	b. 前	c. 度	d. 円	e. 方

❶ もう1( )日本へ行きたいです。

❷ 金曜日の5時( )にレポートを出してください。

❸ 牛乳は1本80( )です。

❹ 病院のとなりに花( )と薬( )があります。

111

第1回

Ⅰ ①c ②e ③d ④a

Ⅱ ①d ②a ③b ④c

第2回

Ⅰ ①b ②c ③a ④e

Ⅱ ①e-緑 ②a-赤く ③c-白い ④b-黄色く

第3回

Ⅰ ①a ②c ③e ④d

Ⅱ ①d ②e ③a ④b

第4回

Ⅰ ①e ②b ③c ④a

Ⅱ ①a ②d ③e ④b

第5回

Ⅰ ①c ②a ③e ④d

Ⅱ ①c ②d ③e ④b

第6回

Ⅰ ①d ②b ③c ④a

Ⅱ ①c ②e ③a ④d

第7回

Ⅰ ①c ②b ③a ④e

Ⅱ ①d ②c ③b ④a

第8回

Ⅰ ①a ②e ③c ④b

Ⅱ ①c ②b ③d ④e

第9回

Ⅰ ①d ②b ③c ④a

Ⅱ ①b ②e ③a ④c

第10回

Ⅰ ①d ②a ③e ④c

Ⅱ ①c ②d ③a ④e

第 11 回

Ⅰ ①d ②e ③b ④a

Ⅱ ①a ②c ③e ④b

第 12 回

Ⅰ ①e ②b ③d ④a

Ⅱ ①d ②c ③b ④e

第 13 回

Ⅰ ①b ②d ③c ④a

Ⅱ ①a ②e ③d ④c

第 14 回

Ⅰ ①b ②c ③e ④d

Ⅱ ①e ②c ③d ④a

第 15 回

Ⅰ ①a ②c ③d ④e

Ⅱ ①b ②e ③d ④c

第 16 回

Ⅰ ①b ②a ③d ④c

Ⅱ ①c ②a ③e ④d

第 17 回

Ⅰ ①e ②a ③c ④d

Ⅱ ①e ②b ③c ④a

第 18 回

Ⅰ ①c ②e ③a ④b

Ⅱ ①a ②e ③d ④b

第 19 回

Ⅰ ①b ②e ③c ④a

Ⅱ ①c ②d ③e ④b

第 20 回

Ⅰ ①d ②a ③c ④b

Ⅱ ①e ②b ③c ④d

第 21 回

Ⅰ ① a ② b ③ e ④ d

Ⅱ ① d ② e ③ b ④ a

第 22 回

Ⅰ ① a ② c ③ e ④ b

Ⅱ ① e ② b ③ a ④ d

第 23 回

Ⅰ ① c ② b ③ e ④ d

Ⅱ ① b ② a ③ e ④ c

第 24 回

Ⅰ ① e ② b ③ c ④ a

Ⅱ ① d ② e ③ b ④ a

第 25 回

Ⅰ ① c ② b ③ e ④ d

Ⅱ ① a ② b ③ e ④ c

第 26 回

Ⅰ ① b ② a ③ d ④ c

Ⅱ ① c ② b ③ a ④ e

第 27 回

Ⅰ ① e ② d ③ b ④ c

Ⅱ ① c ② e ③ a ④ d

第 28 回

Ⅰ ① b ② a ③ c ④ e

Ⅱ ① a ② d ③ b ④ c

第 29 回

Ⅰ ① c ② d ③ e ④ b

Ⅱ ① e ② d ③ c ④ a

第 30 回

Ⅰ ① c- 薄い ② d- 新しい ③ a- まずい
④ b- 冷たい

Ⅱ ① e ② b ③ a ④ d

第 31 回

I ① a ② c ③ d ④ e

II ① c ② d ③ b ④ a

第 32 回

I ① a- 遅く ② b- 明るい ③ e- 長い ④ c- 暖かい

II ① c- 安い ② d- やさしかった ③ b- 危ない ④ e- 痛い

第 33 回

I ① c- いろいろな ② e- 大切 ③ b- 本当 ④ d- 大丈夫

II ① a ② d ③ e ④ c

第 34 回

I ① b- 行き ② d- 売って ③ a- 立って ④ c- 引いて

II ① b- 飛んで ② e- 入れて ③ c- 出して ④ a- 押して

第 35 回

I ① c- 起きて ② a- 出かける ③ b- 食べました ④ e- 脱いで

II ① b- 寝ました ② c- 着て ③ e- 入って ④ a- 飲んで

III ① d- 帰って ② c- 忘れない ③ a- 死にました ④ b- 出ました

第 36 回

I ① b- 読み ② a- 教えて ③ d- 書いて ④ e- 聞いて

II ① a- 掃除して ② c- 勉強して ③ e- 旅行し ④ d- 結婚し

第 37 回

I ① e- 開けて ② b- 開いて ③ c- 消して ④ a- 消えて

II ① a- 掛かりました ② b- 並べて ③ e- 始まって ④ d- 並んで

第 38 回

I ① e- います ② d- 会い ③ b- 置いて ④ c- 上げて

II ① d- 被って ② b- 泳ぎ ③ c- 言って ④ a- 洗い

第 39 回

I ① d- 締めて ② b- 住んで ③ e- 勤めて ④ c- 撮った

II ① b- 取って ② a- 使って ③ e- 頼んで ④ c- 点けて

第 40 回

I ① c- 走って ② a- 弾いて ③ e- 鳴いて ④ b- 吹いて

II ① a- 見せて ② e- 待って ③ c- 渡して ④ b- 渡ります

第 41 回
Ⅰ ①b ②a ③e ④d
Ⅱ ①d ②c ③e ④b

第 42 回
Ⅰ ①d ②c ③e ④a
Ⅱ ①c ②b ③d ④a

第 43 回
Ⅰ ①a ②d ③e ④b
Ⅱ ①b ②a ③c ④d
Ⅲ ①e ②c ③b ④a

第 44 回
Ⅰ ①c ②b ③d ④a
Ⅱ ①e ②d ③a ④b

第 45 回
Ⅰ ①d ②c ③b ④e
Ⅱ ①a ②d ③e ④c

第 46 回
Ⅰ ①d ②c ③b ④e
Ⅱ ①b ②e ③a ④c

第 47 回
Ⅰ ①c ②b ③e ④d
Ⅱ ①e ②a ③c ④d

第 48 回
Ⅰ ①c ②d ③b ④a
Ⅱ ①b ②d ③c ④a

第 49 回
Ⅰ ①b ②e ③d ④c
Ⅱ ①c ②b ③d ④a

MEMO

あ

い

う

え

お

か

き

く

MEMO

翻轉日檢
01

絕對合格
QR Code聽力加速器

單字、語境與聽力
快速記憶策略，問題集

生活情境分類×激爽海量實戰的雙料絕技！

日檢 N5 單字

（16K+QR碼線上音檔）

發行人	林德勝
著者	吉松由美・田中陽子・西村惠子・千田晴夫・ 林勝田・山田社日檢題庫小組
出版發行	山田社文化事業有限公司 地址　臺北市大安區安和路一段112巷17號7樓 電話　02-2755-7622　02-2755-7628 傳真　02-2700-1887
郵政劃撥	19867160號　大原文化事業有限公司
總經銷	聯合發行股份有限公司 地址　新北市新店區寶橋路235巷6弄6號2樓 電話　02-2917-8022 傳真　02-2915-6275
印刷	上鎰數位科技印刷有限公司
法律顧問	林長振法律事務所　林長振律師
書+QR碼	新台幣329元
初版	2024年 7 月

ISBN : 978-986-246-842-5
© 2024, Shan Tian She Culture Co. , Ltd.

STS

STS